杨林诗选

有缝对接

杨林 / 著

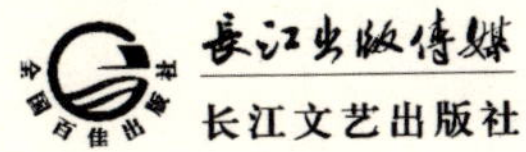

自序

一只鸟，一棵树

“天空从来都是/仰望的深渊。”这是我对眺望的一种感悟，但眺望又成了我的一个习惯。或是在桥上凭栏望远，什么都不想也什么都不去想，就这么安静地将自己融入一种空茫中，享受这没有思想的空荡；或是在居住的高楼上依窗望夜，看星月疏密，看车流如水，看万家灯火闪烁，将烦忧倾倒进尘世更深的黑里；或是在空旷的草地上望天，在蓝天白云下想象自己像一只鸟，任意飞翔。人，其实微如尘埃，却不能与一只鸟相比，不能自由地栖息任意一棵树，消耗一段独自的生命。

“在梦中活着/总会在梦外死去。”在某种程度上我迷恋鸟的生活，其实是觉得鸟不是活在梦中，而是活在记忆里。因为依靠记忆，鸟可以南北迁徙，无论路途多远，风雨坎坷，都能借助记忆回到熟悉而温暖的那棵生存的树。而人，不仅活在记忆里，又活在未来的梦中；不仅活在更大的欲望里，又活在现实的羁绊中。因为有太多不能确定的梦，有太多煎熬的奢望，让自己在现实的泥潭里纠结、挣扎，这也形成了忧伤、孤独的根源，这也成了人类争斗、践踏的理由。我期望的鸟的生活，是与天空共存的空间，是有着一棵树的简单的巢。我不需要整片森林，只需要天空里曾经有过飞翔的痕迹。

“夜，鸟一样飞进来。/ 我被一只空杯遗忘。”我就是这只孤独的鸟，我在远眺夕阳落霞的目光里，寻找着这飞翔的路径，和下一个夜晚抵达的那棵树，却瞬间又被黑夜灌满了心胸，像一只倒空了时光的杯子，被世事遗忘。我其实渴望唤醒的是精神的灵魂，而不是附着于身体的物质的外衣。而我的灵魂，只屈从于内心的安宁，并不被趋之若鹜的名利和喧嚣所牵绊。我可以受制于黑夜，但灵魂这只鸟替代我活着，随时与我走散。而我无论怎样飞离物质包裹的躯壳，总要找到一棵树让灵魂附体，让生命与自然合二为一，我需要找到这样一棵灵魂之树。

“与苍茫融为一体 / 你可以取缔苍茫 / 与纯净合二为一，你成为天空 / 盛开的，最完整的一部分”，我所渴望的这棵树，有可以让自由栖息的枝丫，有可以承载风霜雪雨的枝干，有可以扎根大地的根须，有可以拥抱天空的树叶。是一个不屈、向上、独立的生命体，是大地仰望天空，并与天空融为一体的完整的自然。这棵树，是苍茫的，又是生动的；是孤独的，又是安宁的；是短暂的，又是永恒的。

春去春回，鸟迷途知返。花开花落，树枯荣自知。

鸟向往这棵树，而树承载了这只鸟。

我用诗歌将自己幻化成这只鸟，寻找这棵灵魂栖息之树。

2013 年 7 月 17 日凌晨长沙金域府

CONTENTS
目　录

杨林诗选

玉　髓

一

无极而终。
蜷缩一团浮云内，于形而下
静到窒息，以为梦幻是仰望的中心
那无边无际的牵引，凿开时光
让灵魂在混沌里穿越、往返
拯救冰封与垂死的身体
甚至忘记了伤痛，那些有形的腐烂
无形的挤压，以及命运焚烧的烈焰
足以粉碎紧握的拳头、灌风的耳朵
当吞下漩涡，也淹没于漩涡
流水留下晶莹，等光透亮
但绝不委身黑暗，与更美的假设
从寂静中来，通过死亡回到更好的寂静中
在手心发现了夺目
也就有了初始、中心和归途

二

太极而定。
口含日月，于形而中悬浮

双脚被尘土浸淫，沉陷的暗夜
褪去原色，供奉冰洁的头颅。
相信的事物，体内封存的一株水草
摇曳春夏秋冬，以及爱恨情仇。
一切记忆都已固化，显露圆润和饱满
坚硬，似水柔情，透彻
有着天空的音色，可以容纳整个世界的风雨。
内伤，是时光的齿痕
撕咬姓名，又雕塑了灵魂
沉重，空灵
这双重的品性打磨的人间，也是倒转的天堂
在地狱之上腾挪，抚摸真实的心跳
在陈旧中，点燃自己的光泽
在碎裂前，比影子还轻

三

阴阳而生。
枯黄得透明，于形而上飞翔
昼夜是独自的。迷恋这交融的欲念
背脊是山峦的重影，追逐
那每一条经过的河流，以及来世。
在自己伤口里重逢，身披雪雨霜露
顺势流动却在逆势里静止。
呼吸着孤独，渴望那并不真实的烟云
构成魂魄合一的家园，然后
通过物质的霉点，精神煽动独立的羽翼
风声里失去了根系，弯曲中

和盘托出了天地，被爱收复。
敏感于虫鸟细微的呼唤，又常常被雷电击中
倾倒于钟情和张望，忧郁随时醒来。
爬行，唯有思想独立
罪孽深重，却迫不及待等自由挽救
散乱，凝固，守着自己
冰清玉洁

（后记：好友刘丹送我一件浮雕龙玉髓，路云说这就是我。我是天秤座，都说天秤座是没有灵魂的，我的灵魂一直游离于身体之外，于冥冥宇宙里飞翔。我因此感到我的身体是沉重的，我的精神是空灵的。我写下玉髓这组诗，也是写下我的姓名、我的人生、我的心灵。2013 年 5 月 4 日夜记。

等一场雪

1

天籁不止，那是神的梦呓
模糊了时间的界限
这混沌的时刻
你跪于眼神的悬崖边
等待点化
不惑，纯粹，以及宁静的归依

2

借助一阵风，一条河流，一次闪电
你躲在内心哭泣，放荡和呐喊
雷鸣撬开的门，在你进去后
瞬间关闭
世界已被放逐，而你还在其中
你来不及洗涤原罪，从尘埃里抽身
接近上苍的点拨
等待原谅
那个经过的人，身怀素装

3

靠颤栗取火，承受严寒的劫

你心怀虔诚和静默
浸泡剩余的苦,让自己更加空旷
载满荒草,等更深的冬
将你完全覆盖
将萤飞留给下一季
那最后的花,那最璀璨的欢颜

4

在每一声祷告中,你甚至可以
粉碎。在死亡里回来
从身体里取出阴影,投入一场浩瀚的燃烧
用白替代黑,用轮回替代赎罪
完整地献给时间,以及自然
在黄昏和黎明之间
通透,明亮
等头颅开花,或者在流星里枯萎
你不仅仅是彷徨和忏悔

5

一切行走的漏洞,来源于欲望的终点
与抵达的缓慢
美好的事物只绽放一次
以风的形式洞穿胸腔,让你迷惑
你自己美丽
取代倒塌,也是你最彻底的

等待。与苍茫融为一体
你可以取缔苍茫
与纯净合二为一，你成为天空
盛开的，最完整的一部分

6

你端坐于颠簸之上，避开虚妄的芒
让自己沉静
似乎听到遥远在接近心跳
接近生命存在的意义
那些艳丽，荡漾，和烟云
也仅仅是等待的过程
你的名字注定是一场空白
等待另一场更大的空白
填补，充实
等待，你一直供奉的神醒来
然后将你唤醒

2012 年 12 月 10 日长沙

逝水流年

划　痕

鸟从海面上划过一道波浪
过去就开了一道口，我在这忧伤里
呈现——
苦笑，抖落惊慌，与落寞
保持坠落与腾跃的平衡，面向广阔
吞咽那深深的蓝
我被阳光灼伤，又在月夜里
反复抽打，这些世事
经过我就留下印痕，欢喜只是记忆中
那些逝去的青春
不再回来，却不停煽动羽翼
让我向前奔跑的时候，独自伤感那些隐情
影子里的歌声，夕阳说出：不
我就被刻上流沙的样子
忘记了波涛的疼痛
在岁月的发肩，等一枚贝壳梳理
原始的纹路，我最真实的人间

我等着黑暗，将我再深刻一次
我就可以放下肉身

彻底轻盈

飘　摇

愿望被改变了初衷
锈蚀的身体每天刷上新漆
渡过那些空洞的门

每一条路跳入水中,就陷进了
时光的阴影
当内心不再坚信,表情布满了迷雾
也被赋予了寂寞的意义

颠簸,那些坎坷,那些风浪
永无止境地阻止平静
回到梦中,又从梦中
回到不真实的世界

一次又一次吹散,缝合
我构成秋天的一部分
也成为飘摇的本身

流水成路

我在时间的针眼里镂空了,
等待。

我被一次次替换,山径、堤岸,

羊肠小道，以及宽阔的马路，
这些人流的沟渠，借助水势推搡着，
倒下，死亡，然后又回来。
沿途的花香开过了期，散发霉味，
和枯黄。眼神萌芽一次，
又重新被灌满了泥沙，在月光中
陷落。

和着欢呼饮食，空洞被孤独弥补，
欢颜轻声念叨陈年，
那未被雕饰的灯，照亮的暗影
藏着瘦小的我。一直
未曾长大，也一直在各种各样的水中
浸泡，洗刷。忽明忽暗，
呼之欲出，心瘾拉扯着，我成为我们
之后，我吹散成河流的一部分，
也遗落了卵石，散落的肢体。

我看见我被自己践踏过多次，
姓和名拆散，隐匿，
甚至嫁接成人形，以及流水的现状。
向上、回溯都是奢望，顺势、往下
往最低洼最宽阔的远方流浪，
直至忽略成一滴水珠。

那路，在翅膀里在风雨中，
呼喊着，口吐白色泡沫，

弯曲，等时光点燃，
成烟。

2013 年 5 月 3 日凌晨长沙金域府

黑夜沉香

黑夜终于来临

黑夜终于来临
我不觉得幻想比哭泣更有意义
一阵风足以让我缅怀炊烟
在手指上升起月光

屋檐下的水,荡起微笑的光芒
照着越发陈旧、僵硬的身体
吹拂成梦的碎片

我以自己的方式跳入世界的深
无所谓淹没也无所谓雀跃
轻易推开一扇窗,闪入内心的蜗居
让路灯占据月光的位置
忧伤的暗影,被另外的黑搓洗干净

幽闭也是完全敞开欢喜
我看不清的时候,一切变得完美
我也在这浓郁的完美中
罪恶得无懈可击

对称的倾斜

你在黑夜守着那道闪电
将我分割
我喜欢这种决裂的美

春风来回拉锯，从仰望的高点
往低处流动
把身体拨动成起伏的旋律

托着黑夜，星星是我
扮成鬼脸显露的眼睛
飞过你收敛的羽翼

告别也是接近，爱的手语
扬起陈香
彼此消磨了现在，对视
你翘起未来，我沉下过去

沉　香

深藏的暗夜在梦烧尽之后，
满地是霜一样的尘。

凝神，你还跪于初始的岸边，
等青烟渡过心跳的庙宇，
淡化。消逝。

记忆是最深的苦难，从袅娜开始，
将一切变轻。凝眸，转身，
每一个细节都是一根刺，
紧锁呼吸，让下一秒缓慢滴血。

初夏渐热，春天跳入火焰的海，
像新伤覆盖旧痕，暗香
一直还在。黎明仅仅是原路
再一次返回爱的试验，
那看不见的浓郁。

2013 年 4 月 18 日晚长沙金域府

风继续吹

暴风后

我被你吹散的
不仅仅是沉积已久的时光
还有繁华的表象

你很容易让我的视线无力
所有鲜艳的事物,也很容易失去光泽
欲望消褪,袒露原始的黑,与白
伤痛的后遗症,是我
不断虚构的愿望

在你强暴之后,从我身体里取走
虚浮的部分
呈现了沧海和桑田
呈现了我发呆的模样

劫难
不是在过程中
而是在空泛后

凉风吹

你足够坚强，每一次离开都像是诀别
在悬崖边行走
腐烂的土地散发雾的磷光
发出隐痛的呻吟
被天空压弯的古树，看不清方向
风从悲伤处来
在骨头缝隙里留下微凉
纯粹
芜杂的心绪被空茫洗净
来路也不过是影子，在身后回旋
一声尖锐的口哨
将你与幻想彻底分离

微风起

当思想被黑夜弄乱，零散地飞
你就无法让自己静谧
回旋，大地这面空荡的镜子
冷漠
已经无法还原温暖
伟大的想象来源于对死亡的复生
自由
仅仅是昙花一现
以尘粒的形式飘零，在可以到达的暗处
发光

不经意中，你摇荡着俗世
曼妙的身姿
从具象到抽象的过程
也是你幸福的摸样
从有形到无形间
暗自裂变

暖风飘

在初冬的这一天
在你流动的波光中，我静止了
在一片被时光弯曲的芦苇上
低下头颅
摇晃着，任往事颤栗

匍匐在
已经愈合的伤口
我的胸腔是起伏的山谷
倒空了思想，盛满了荡漾的水
和夕阳

我不能从眺望中分离出来
我用被镂空的身体
与你紧紧相拥
缓慢地接近那一天

2012 年 11 月 19 日凌晨长沙金域府

抽身而去

告　别

兄弟,我该走了
10 月的夜容易深,也容易冷
你的足印有雪的味道
来自回忆的深渊
踩响了,我深埋于胸中的春雷

我们喝酒,骂娘
谈论人生虚无的高度
以及女人闪电的性感
享受时间的狂欢
然后,在沉默里啜饮沉默

兄弟,我要走了
也许这是最后的告别
我只能作为一个谈资留给你
证明快乐的后面有多么的辛酸
彼此倾诉,也是一条出路

各自返回剩下的冬季
我注意到你忘了紧扣拉链

风代替眼泪,在喉管里回旋
我和你一样隐忍
不回头,把夜甩在后面

恍　惚

从人群里抽身
我收拾那些没有结果的话题
将忧伤藏进呼吸
用笑容挥手告别
一头扎进华灯散落街头的碎片
用颤栗取暖

往事不肯离去
如烟,如水
让想象苍白,让痛更深
抚摸之后,陈旧镀上月光
变得更加锋利
挑破我眼睛里剩余的血

辩白已经清晰
我又怎么还原梦想的初衷
相隔一个黑夜,其余都是空白
伸出去的手也开始僵硬
沾满秋的凉意
前路昏眩,回头尽是灰烬
我又怎么从自己燃烧的火焰里
抽身

醒　来

我用尽力气去爱，在梦中
比现实更翠绿
顺着村庄的风，脊背弯曲
摸索父母的影子
蛙声如潮，没有思想
只有惆怅
爱很沉，被爱很轻

与一朵玉兰倾诉衷肠
可以闻到你的余香
幸福颤抖了一下
像呓语，溢出往事的泪滴
我眼里的背影
总以为是你，荒芜得
像生活的原形

黑夜燃烧后的清晨
我即将经过的那人是谁
曾经心碎的河流，是否
再次流过，我打满补丁的身体
如果灵魂不愿一起上路
我宁愿呆在梦中
温暖地拥着你

2012 年 10 月 28 日晚长沙金域府

欲　望

发　丝

欲念是顺滑的，迅速凸起，又抵达凹陷
此刻，我被你完全覆盖
沿着血液的风浪，飘荡，迷失
干干的眼睛被记忆潮湿
一直拨动着，身体在漩涡里倒向你的天空
你可以全部呈献光洁
等待枯黄
我关闭世界的门，在缝隙里的春天
细微地呼唤
苦到尽头，是急促的鼓点敲打着
难言。心被打开痒，就无法停止摇晃
抛向高处又跌落现实
我用我的虚妄，试探你的空洞
接受尖锐的人间，审判

果　冻

冷漠是久藏的火星，被眸子点着
手指也随即柔软
触痛残缺的身体和僵硬的梦寐

门关上黑暗，此刻
雨水从春天返回，我听到，寂寞开始呻吟
浪尖上漂泊，破碎的灵魂褪去胞衣
完全透明，起伏，融化
我含着你，扭动湿润的舌，进入滑翔
进入窒息的念
沿着喉管狭窄的通道，这散发腐朽气息的美
这圆滑的核被重新塑造
在这颓废中，一直颓废下去
在草丛中倾倒，将自己倒出全部绝望
在世俗的逼迫里，我沸腾
无数次重复，开花，结果
在火焰烧灼的痛里，彻底解冻

干　花

蜷缩在开怀之后，已经美得无力
一次就足够刻骨铭心
被永远占据记忆，紧握你的张望
一切都多余
我只想保留这绝世的镜像
抵消生死的阵痛，以及越来越浑浊的空气
流失的水分高过欲想
余温是退潮的海，拥着你
颤栗
细微的呼吸成为彼此的风
极其敏感和脆弱

果实还来不及结成理想，就已经萎靡
相遇被遗弃，梦又相逢
你是我渡过残缺的现实
唯一捷径

2013 年 27 日晚长沙融圣阁

入口与出口

香樟籽

孤独伤透了，落满一地的紫色
我忍不住踩碎这遗恨
记忆的斑点更深
自己，冬天残留的叶子
在风中摇曳，听鸟雀叙述盘旋的经过
和沉默中的微香
还有什么理由，让天更蓝更高更空
我却无力留恋阴霾之后的阳光
一切已经来不及
挽留最美的凋零最寂静的怀恋
再多的解释不如相视一笑
或者垂下眼眸
我也就心满意足，满足这最冷的浓郁
所有的道理死于世俗
向着腐息里的开春
飞翔

独　照

雪，白得只剩下我
一直漂泊到天涯海角，也仅仅是

一个轮回里的一瞥
有太多的话，想用一个影子证明
曾经。也是永远
也是我隐忍中最希望盛开的那朵云
我可以反复聆听碎裂的歌
缝补寂寞
可以独自仰望风怎么成为羽翼
还可以对着自己笑
让哭泣和怀恋对饮成月
只要你们认为我是多余的，我才会
放弃等待
或者，你的名字已经死去
不再是凝视之后的那双，含情脉脉的眼睛
我也会在这张照片中转过身去
让黑夜占领所有的天空

白　云

喧嚣来自体内，永不枯竭地挤向
出口，一个美好的构思
一个顺流逆流的过程
照耀而通透，遗忘而暗淡
未来始终在不确定中
飘浮。被虚空反复淘洗是愉悦的
也是忧伤的
因洗去黑成为雨水成为沉重
成为倒置的海，更加波澜汹涌的边际

信念在动荡中颠覆，又在颠覆中
寻找新的入口，灵魂
无处逃生，始终被宿命纠缠
却始终坚持着独白

屏　风

始终绕不过迎面而来的机缘
让承受下垂，又不忍弯曲
在闪烁中
隐入光刃的背面

可有可无的吹拂，总会掀开
心湖的波澜
让你离开椅子，紧抓门的悬崖
与现状挑战平静的极限

生命也就是一次彻头彻尾的欢娱
与死亡对峙，在苦难里
不直接跃入水中
淋漓尽致地享受折磨

曲折，回旋，入口也是出口
也是空荡地直立，与风融为一体
你割裂了世界
你成为这距离间忧郁的十字

2013年元月24日凌晨长沙金域府

城中村

之一：夜归

从杯中抽身，舌尖迷离
酸涩。
在接近沉陷的底部，她警醒起来
极力将碎裂的夜从贪婪里
拧干，抖落疲惫
重新整理归宿，逃往廉价的出租屋
最后的村子，来时的容器
狭窄，霉味，隔夜的酒
她又一次深醉
呕吐，旧时光反刍，木门吱呀
眼神开始回到梦的塔尖
城市继续陌生，整夜轰鸣，抽着身体里的水
纠结，献出稻香
记忆烧毁，迅速收割过冬的火焰
她一点点滑入深井
潮湿的月色透过忧伤，滴进陈腐的窗棂
她悬浮
在寒冷的摇晃中，似乎看见了爹娘
扶着黎明在村头张望

之二：分离

茅草依然锋利，刺着目光，遥远被呈现在面前
相视，无语
他和她无法交换黑，那郁积的痛
伤口的旅馆，可以慰藉的夜
沉迷，不是归途。
献出自己，也不能收获秋天
城市，荒原最后的废墟
未来是瞬间的燃烧
他的烟，隔着一个尘世，灌溉空洞
却一再轻浮，能否渡过河流抵达黄昏
彼此没有答案。
木房倾斜，反复交待姓氏和出生
暴风从内心掀起，繁华淹没
荒芜，驳杂
村子复原
生活被她一片片拾起，缝合
承诺，也是流言
飘落的叶子，她从树上下来，眼里
还有一片相同的枯黄

之三：顽疾

嘈杂，从门缝中进来，一直深入骨髓
更剧烈的漩涡
咳嗽，割据着静默，她陷进木床的摇晃

思念轻唤，延缓疼痛
村庄在异乡同疾，贫穷，呼吸是炊烟，草木味道
与城市的雾不同，浓密，窘迫，窒息
她在高楼缠绕的低处喘息，以纤弱的身子
试图拯救村子的落日
以黑夜换取白昼
心病，比旧疾更锋利，撕裂着信仰
价值发出金子的响声
这让她焦虑，甚至毁灭
她可以一直咀嚼嘱咐，和着凌烈的风
乳名被喊出泪
城市里最后的村落，她视线飘雪
巷子外，车水马龙，歌舞升平
所有人都在分享最后的盛宴
她呻吟，无法医治自己，以及亲人
命运的钉子，已经楔入盛世的隐情
坚持盘旋，在碎落成灰烬之前
她相信
人间还有救世良药

2012 年 11 月 25 日晚长沙金域府

零点怀想

遗　忘

时光离开的时候，我还在
守着相互搭讪的话语
让身体极度疲倦
尽快腾出余热，盛满夜

空有满腹才华
自我兴奋，却虚度了多年
我不想一直沉默下去
沦为时间的风尘
接受遗忘

刻　度

我在每一个刻度里活着
有很多苦衷
没有人可以倾诉
那些经过的人，面无表情

被俗世量了很多遍
身世，文凭，背景，才华

以及与命运相关的个性
似乎都有一个尺度，早已为我
订制了悼词的标准

走　神

当我走神的时候，获得自由
短暂，我放下了自己
恍惚，却轻松

灵魂驻扎在身体里
很难身心合一
哪怕在梦中，那些陈旧的片段
也会追逐
直到把我重新驱赶至
回神的现实

归　零

我不断在零点时分，找到借口
清除过去
让负疚减缓沉重

我用光阴兑换承诺
交出沿途，浮华
等时间消失殆尽
我可以把尘世关在体外

将恩怨归零

迷　恋

我迷恋这深夜的安宁
虚空，不被控制

灯光留下影子，与我对视
我变得可有可无

漫无目的，同样是度过
慌乱的一生，有时就像
这入睡前的混沌

2012年11月25日凌晨长沙金域府

挽　救

残　缺

我不是完整的,被冬季的门
敲开裂痕
余光总是凌乱,总是晃荡遥远的水声
一场场雨,一个个春天,在最真实的时候
被错过了最好的时光
将自己驮上岸
我也就在这漂泊中折返,在这迷途里沉沦
除此之外,收拾漩涡破碎的鳞片
真情流干了泪水,足音结痂,还可以在哪里发芽
在每次干枯的等待里
在剩余的火焰即将熄灭之时
我只有相信
爱,是残缺的肢体献上最沉重的美
挽救沉陷的黑暗

如　果

离开风的回旋,我开始虚妄
在一棵棵树木的空隙里深进去
被月光点燃的念

又被汽笛浇灭

如果,一切都是不真实的语言
嫁接春天
我宁愿不要繁茂
和一季的花

秋天对我说:“不,我不想”
叶子被尘粒覆盖
愿望被一片片剥落
留在枝头的枯萎,反复吹散

如果,只剩下名字可以怀念
我宁愿不要锈蚀的躯壳
在假设里活着
死有什么意义

就　算

我可以随便安置散落的肢体
却无法盛满曾经的翠绿
回到黑夜
我是安全的,不被你发现
反复虚构的未来
在你一次次逼视中,步步后退
你敲碎的冬天
冷进骨髓

思想继续冰冻，坚硬，锐利
等融化的那一瞬
就算，被流水喊醒
也可以彻头彻尾地收割
一次流淌的过程

2012 年 12 月 6 日凌晨长沙金域府

无以言说

背　面

只予光鲜示人，而另一面
深陷荒凉
掩藏于表情之下的，才是我
按耐不住的苍劲
在一棵树上找到骨头的张望
和看不见的抽泣
光芒，由外而内穿刺
流淌黑
夜深人静，我可以真实一次
从伤口中起立，被草木唤醒良知
不与月光说茫然
只告诉自己，爱还有痛感
转身，也不意味离开

呼　吸

你笑了，露出波折
紧接着从静止到狂欢
密度增强，那些苦涩在涛声里淹没
漩涡，一个围着一个

从浪尖下去，在下一次浪尖形成之间
你在堕落里挣扎，呼唤
一切波浪在风中结果
和孤独

在腐烂之前，你是被形势唤醒的
平静，甚至忘记自己
只有心跳证明残存的勇气
我们都以歌唱，换取更高的注视
这一切来源于未知
和以为

我加入你，挽着末日的阳光
看一看世界
在同一条河流里被推向更远
更空泛的浩淼
我们在不同的起伏中，有相同的方向
和沉浮

相视而笑，我和你
不想说出，喘息里的沉淀，烟波
和虚无

雨，分割成雨

在一滴雨中，还是在外
眼睛投向你的疑问，被迷茫

吞噬
同时被吞噬的还有，黑夜

冬天，雪没有来，只有雨
只有纷繁的灯照亮你和我的脸
只有心被悬在河流的浪笑里
只有悲伤被悲伤消融

信赖始终在问候中行走
一个点，折返之后
回到相遇，回到问题的本质
不愿持续追问

落下的速度缓慢，持久
我反复均衡的天地
堆积了一层厚厚的灰尘
有没有可能，终点就是起点

我深陷一场雨，还会分离
也会在酣畅淋漓中咽下闪电
那句被拆开的歌词
你有我的高音，我有你的低沉

2012 年 12 月 18 日晚长沙金域府

对 视

醉

摸着钟声，我在冷漠里结束
一生中最美的雪花
乞求，路过你唯一的幸运
重生。
想说的话，说给自己听
然后独自哭泣
我颠倒了我，和放手的世界
鸽子飞进飞出，翅膀划过闪电和惊悸
同时相对
2012，一个轮回响亮的烟火
坠落后，成为过去
那漂移的小城，我可以驻守的天堂
一直向下，在我被替代的位置
在一切被倾倒之时
在荒草被眼光吹动之后
我们笑成了一场风，然后说出：相信
那一刻和这一刻是相似的
因为雷鸣
所有欠下的债，用时间来偿还
最初的承诺和清醒

倒

门让它进来，却留下风声
和念想
梦开始的时候，我唾弃世俗的盘算
揭穿真相
我最脆弱的倾诉
倒出自己，连同晦涩和阴暗
闭着眼，想象时光遗漏了冬天的色彩
只有樟树叶还未完整地献出
贞洁
我可以和你重新相见
在天空被乌云包围的一隅
我占据你的位置
如同你成为我
天黑之后，彼此看不清表情
却以心跳辨认来时的路，是否春草泛黄
露出悲鸣
然后互相告别，端着陈旧的夜
输入约定

近

离开，我蹲在陌生的城市
从高楼微光的缝隙，窥探与你的距离
独自闪烁，照亮
一条路是唯一的通道，走过或是放弃

无法说清接近还是占据
温暖来自内心，却不为人知
熟悉也是孤独的一部分
光阴，迅速蜕去旧壳，再一次以可能
积蓄出发
往幽暗的深处行进，摸索透彻的意义
心与心靠近，也越来越崎岖

隐

光线正好发现脸，镇定
从人群中抽离
一切逝去的，和正赶来的风
看清了呜咽的过程，经过身体
留下冷暖
还有什么比弯曲更值得眷恋
事物因阴影而美好
它真实，也属于自己
正如呈现，只是存在的一种方式
正如春草长于冬天的深
正如说着的话
纷纷枯萎

2013年元月4日凌晨长沙

没有你

日

一直深陷进去，你注定是我的预言
每次假设的未来，新鲜欲滴
又瞬间被黑夜遮蔽
我饮下你的目光，重新点燃
那苍茫的雪
我迷醉于这忧伤的美，这没有杂音的呼吸
我是自己的，我相信
除了你的悲伤，绝望是唯一途径
让我们紧握彼此，和最后的时光
等飓风一遍遍淹过欢颜
我在你的注视里，一点点脱落成灰
却仍然保持着
最初的，落日的微笑

恋

远离尘烟，我随着眸子开花的声音
摸索一条街道的幽深，终结你
粉碎。
陌生已来不及挽救

孤独,我们最完美的分离
爱,不是相守
而是惦记,和无休止的音符
雨点,心有所依
最深的冬,一口枯井
白云,已从口哨里飘远
触痛了眼泪,事物被赋予了旷世情怀
在一片莺歌燕舞之后
我捡到了自己
也失去了你

气

事实一再透过感官进来
我在这器皿里,被云烟掏空了
悲愁。
天空愈来愈黑,生命是唯一的出口
滴答,滴答,流淌着风声
昨天,一张薄如心情的纸,在撕碎前
反复默念,纠结
剩余的气力,只够保持微笑
一寸寸长进奢望
你不忍说出放弃,以及爱一次痛一次的
人间

2012 年 12 月 24 日平安夜长沙

死去活来

梦　境

我不能喊出想要的秋天，那就让美独自凄清
绝地，不回头
所有的苦，是私欲供养的神龛
等待回应

雪花在呼吸的波浪里来了
粉饰，灰暗。
冰冻了绕不过的荒草，丛林，悬崖
散发尸腐，狼的气息，跟随走过又回来的迷途
为我降下隐秘的雾

远处，城堡安置于流水上
意味，游离于陌生的深蓝，和呻吟
我呈上孤绝的遗言，用眼睛擦出火花
烧毁紧闭的柴门
在末路尚未消失前，挣扎着复活

越　界

森林的迷宫，只是伸手的距离

却耗费了一生的犹疑
门随时为你开着，光苞在睫毛上绽放
当孤独与孤独相认
爱意尽是云絮

每一处繁复的景致，似曾相识
你忍不住，流淌酸涩的幸福
那吞咽的黑暗，在内心咀嚼的碎渣
在倾倒之后，也足以
让你倒下，迷失于更轻的雾中

没有永远的艳丽只有永远的腐烂
你在这指定的界限内
被打磨成人形，并被欢呼雕塑
穿越，你用灵魂取代身体
必须忘记时间的疼痛

反　复

在接近冰点的悬疑中，你不愿坠落
今年的雪，与去年不同
比自己更冷，更凝重
薄世，取走一夏又降临一冬
从不让你一直灿烂

叶子茂盛了，却薄情寡意选择飘零
天荒之时死去，地老之前复活

永远，只是舌尖上的芭蕾
被回忆的美
影子与影子抱在一起

你的泪水在心里结冰，与远方陷落
隐忍。说出的话反向而行
把初始的心境再活一次
却不愿重复，在等待里复制
命运独自而去

异　地

杯中的酒已剩下火焰，以及午夜的聆听
过去，被歌声一遍遍唤出来
无处生根，呆呆地望着
海浪拍打身体，起伏，回旋
留下泡沫

鸟群渐远，我在翅膀的扇动里燃成灰烬
遗弃，与记忆的白骨
凭吊。
陌生让我如此亲近，遗忘
让我很轻，随时飘零

我可以在接近悬崖的临界点
让风吹散
从沉重里退出，重新在一株草尖上

挽留将来
把故地放回心跳的初衷

2013 年元月 14 日零点长沙

忽明忽暗

守候黎明

人流是路过的枯枝，有独自的脸色
摸索黑夜的缝隙
最适当的回音。冷到麻木
感觉也就习惯了
过去。那束光，在梦还未泡沫前
寻找出口
真实，往往被真实本身伤害
已经不能还原隔夜的温暖
你的话，枝枝蔓蔓，棱角分明
却藏着苦衷
遇见，是欣慰，也是结束
更是我一生最长的蔓延
显现指纹，打开一个荒野孕育的春天
河流在眼睛里涓涓
虫鸣，替代歌唱，替代相望
翘首的最高处，悬挂
最美的寓言

循　环

陈旧，依然在流动的中心

让你不忍回望
琐碎的夜,寂静到极至
就有一声幽鸣,从窗外飘落心底
你将自己抛弃在黑里
回来。守着分离,这最美的孤独
等雪挂满冬天,然后写下
生活。
绕一个弯,时间在荒草里爬行
留下疤,和梦幻
重复一次相遇,那个仔细辨认的人
含在口中,难以吐出
深刻,痛过之后成为经验
你看着自己经营的人生
从旋涡里平静,在风声中
陈旧

正午的阳光

思想使我在颓废里发光
迎合你,不偏不倚透过寒风
落在疼痛的睫毛上
钟声,慢慢裂开回忆和祈福
从陈旧,弯曲中露出微笑
我的初衷未变
只是接近沉重,低微
和俗世纠缠不清
你从我身上拿走影子,让我站立

而我仍然跪在你的照耀里
忏悔，仰望
取出内心，让你反复洗涤
渗出忧伤里的幸福

我以为

我的幸福是你的忧伤
我以为

我的夕阳
手中紧握潮汐的余香
往深冬走去
城市，在荒凉里陌生，远离
每个节日，不属于我的张望
只是眼眸停留时，飘下的一片落叶
那些接近事实的语言，开花的细节
触痛了旧伤
寒风在身后催促，该启程了
视线垂落前。保持存在的虚妄
用你的名字命名
我的黎明

我以为
我的忧伤是你的流浪

2012 年 12 月 30 日午长沙

还给时间

向日葵

目光里尽是歌声
万里路途，只是你仰望的一瞬
初苗一浪高过一浪
愿望结籽，记忆里满是金黄

白云是蓝天的梦
你的梦，是阳光的落点
顺着山坡往下滑翔
弯曲，是你坚实的美

告别，不是最后的黄昏
你只迷恋这秋天的凝望
冬天遥不可及。眩晕
足够你度过灿烂的花季

旋转，头颅的芭蕾
把温暖存留身体
等时间，抽空内心的虚无
你再完整地把自己
还给时间

爱无极

我是以气流的形式
剥开寒冷，让你开始流动的
我也获得了能量
随后液化，透明，柔软
渗入每一处陌生的毛孔
抵达你的深
寻找起源，和去向

我们是并行的两个宇宙
在黑白两极相互吸引
以时间为筹码
消磨生命
以相遇为记忆，以相守为冀望
照亮无法预知的暗
然后，逐渐缓慢
直至静止

方程式

我是纵向的矛，有着尖锐的命
以此抵消时间的侵蚀
和你的远离

在梦中活着，总会在梦外死去
无法退回交汇前的负极

任流星击碎身体
清理相遇的残片

同一空间，距离是虚无
我们被时光运算过程中
像两粒尘埃，无限地小
无限地接近一个点

我的重是你的轻
以爱加减乘除，让你更轻
我借助你，完成心灵流浪
你借助我，获得未知答案

2012 年 11 月 10 日上午

秋雨，穿过夜

堵　塞

车流像一根缆绳，拖曳着夜
往繁华处涌动
与精神反向而行
黑暗唯一可以寄存的光亮
霓虹下，玻璃包裹着
不被另一双目光发现慌乱和不安
这城市的通病，被寒风切割
在身体里发出破碎声
像雨水哭泣，街面尽是浮萍
飘过早冬，寻找温暖的洞穴
可以预见滞留归途，但是
我必须让欲望逐渐缓慢
早一步迟一步都要到达孤独
以及孤独最深的目的

秋　雨

从高楼垂直而下
夜空迅速占领我的张望
风，摸索我每一根骨头

攫取残留的暖
那是你扑面而来的言辞
像是久逢的泪滴
更像是缠绵的告别
愿望很短暂
随时被另一种愿望出卖
带着寒冷,落下
我还来不及枯萎的身体
我伸手可及的世界
瞬间,滂沱成一片混沌

放　下

是的,你把光芒藏进胸襟
让我看不见奢华,整个天空
只是我目光收敛的黑
仿佛,鸟雀替代人语
歌唱苍茫
我仅仅是这雨落下
万分之一的悲凉
那些欲望,与身体一起下沉
行走缓慢,灵魂盘旋
在一滴雨里
我只是路过自己时
趟过的一条河流
耸起的一座坟头

起　风

你摇落漫天光辉,碎成雨滴
将我的遥望逐一灌醉
我就知道,你准备动身了
那个远方没有欢聚
只有季节的尾音,飘满雪花
昼夜都是一样的思想
等身心融为一体
述说,可以是叹息
穿胸而去
也可以是寂寞煮酒
在喧闹中沉睡,在睡梦里清醒

2012 年 12 月 14 日凌晨长沙金域府

虚　妄

空　梯

石梯之下，是无限的空茫
那些被烟云覆盖的城市
散发潮湿，冰凉和发霉的气味
雨随时就来，伴随闪电和雷鸣
这让我们总感到不安
一个梦想还未开始，就已经塌陷
远离人群，是为了掩饰
独自的焦虑
往事长满了苔藓，黑夜被目光照亮
所有攀爬已失去意义
我们只是这路径很小的一部分
一天很快过去，争吵，猜忌，背叛
也只是一声唏嘘
我们并不比一只空梯悲哀
当我们安静下来，忧伤也逐渐平静
我们很快被天空遗忘

聚　散

离开总比相聚容易

我无法说服你，如同
我无法说服自己
夏日，我们还交换相同的心思
转眼，冬季已悄悄来临

惴惴不安，是一个人的孤单
与你述说往日的苦难
是想从你的话中，找到共鸣
夜已静，我们还需退回各自的旅程
让相聚蒙上一层厚厚的灰

我们无法证明最后的价值
只有回忆可以取暖
我的眼里还残留你的泪滴
是因为每一个故事
都有命运深深的勒痕

也许，相聚就是永远的告别
我相信在弥留之际，露出微笑
因为你曾经的背影
是我存活的借口

红　尘

我可以依靠回忆度过余生
你却仍然活在愿望里
不肯轻易放开，那条来时的路

相信下一个季节会柳暗花明

你这种想法，是一种假象
这已经被耗费的时日多次证明
就像一条路被重复走两次
显得多余，我这样想的时候
看见你眼里蓄满了泪水

与你同行，我的眼里尽是苍茫
而你并不相信宿命和轮回
这跟宗教和信仰无关
等待，也是一种生活

有些事无法重新开始
沉默，是我最简单的应付方式
而你不一样
时间掉落，瞬间就把命运一分为二
我守在来的这头，你奔向去的那头

2012 年 10 月 24 日凌晨长沙金域府

存在的方式

电　梯

每天，我往返于树上的巢
在黑夜储存梦境
被白昼摇醒
沿着，一个钢索悬挂的深井
七上八下，舀取生活的水

一张张脸间隔着挤进来
带着霜降和陌生
无处掩藏
目光有些痉挛
听得见呼吸，听不到心跳
像一片随风飘落的叶子
路，在时间的下方

我假装若无其事
偶尔发现另一双眼靠近
这让我保持警惕
等待尤其漫长，也很辛苦
我们有各自的心思
都在等待命运

最后的审判

沉　默

我一直被这样浓厚的氛围
发酵
置身一个密闭的会场
听语言划分天空和海洋
反复说明那些虚构的信仰

很多嘴对我笑，兴高采烈
试图说服他们存在的意义
对我而言，开口显得多余
我习惯用眼睛说话
蔑视，辨认，并独立思考

真话是自己的心
在嘴里茂盛，咀嚼
在黑暗里开月色一样的花
不甘于咽下，承受判决
也不轻易吐出
奉献死亡

自　由

沙子对我抱怨：
“我的自由在哪里？”
是的，那些理由多么充分

一场风，一个运动
故土迁移，累积成丘
裸露你裂开的岁月
轻描淡写雪雨、雷电和冷暖
还残留着呻吟，亲人的聚拢和分离
灵肉为之牵挂，羁绊
受制于风的方向
永远在途中，草地被塑造成一棵
象征，靠近的时候
已经枯萎，还伴随阴影和嘲讽
内心盛开着梦，饥渴
无处栽培和繁衍，年复一年
从一个沙坡吹向另一个洼地
我知道，你的自由
是一个可以说话的石头

对　话

我把世界扔在角落
独自进入黑夜
与窗户诉说
声音嘶哑，微弱，不染尘埃
你是如此忠诚
和我一样身体锈蚀
当我忧伤的时候
你打开，让风进来
吹乱我的骨头

听我描述无奈形成的过程
以及搭建幸福的细节
只有你明白我竭尽所能
把现世拆解成记忆碎片
然后,等你把理想以梦的形式
重新组装,塞进我的黑夜
等你把光明放进来
等世界重新回来

2012 年 10 月 27 日午长沙金域府

灵与肉

刺

我的笑，有时候更阴毒
不比眼睛更悲伤
我不能原谅
嘴里的玫瑰，盛开甜蜜
却吐出尖锐
我甚至痛恨无缘无故的风
玷污了世界的清白
我儿时的幻想

过去让现实忧伤
现实让未来迷茫
每夜，我倔强而茂盛的骨头
从肉身里凸出

往　返

我沉重，是因为繁华让我缓慢
物质的街道，足以
让我学会遗忘
来时匆匆

我以为,匆忙可以忘记疼痛
金黄可以替代光芒
内心积淀的黑
无法排毒
更无法培植信仰
我还可以选择返回
精神的雨季,泥泞
那相对的幸福

我相信

我相信
我的未来是一棵树
在时间的落叶里,从低处
向上仰望
体验天空孤独的过程
坚忍地活着
自由
风可以成为闪电
世界是我生长的高度
我拥有我
我相信

2012年10月31日长沙

物是人非

深，深，深

秋天瞟了一眼
已认不出我
遥远，是昨天的旧居
余温里怀想下一段旅程

你把背影交给冬天
春的披肩，在头顶飘荡
我陈旧得像灰烬
风一吹，目光碎落成水

我用感激清洗离愁
残渣，在内心丛生遍地蒿草
将往事深埋于沟壑
闪烁，断续的虫鸣

第一片雪落在哪里
并不重要
重要的是，第二天醒来
我可以重新决定去哪里

火　车

我心怀远方，命运铺设的轨迹
像你重复的路径，夕阳敲响钟声
陌生容易淡忘
也容易使身体陈腐
我每天打扫灵魂停留的驿站
停顿，然后飘零
死去，然后复活
我让流水熄灭火焰，在拖曳的往事中
长长地嘶鸣，你凌乱的蹄声
让我更乱
那低沉，回响之后的空
我用孤独填补

兄弟，想起你在三十岁那年
被灵车拖走，火化
成为尘烟
我就一直呆在远方
不肯回去

痕

眼睛为你保留的那张门
幽暗，深邃
春色围着蜻蜓，吝啬的美
等你，泪水的钥匙

开启

我试图用春天缝合
裂痕
抽取你善良的泉水,修复镜子
照亮,我私欲的原罪
像炊烟告诉苍穹
闪电的痛,由迷茫抹平

向前走,回头就是惊悸
路,在白雪下
若隐若现
遗弃的山河虚汗淋漓
露出虚荣
露出伤疤
诉说光芒的漏洞
以及我无法偿还的过去

2012 年 11 月 2 日晚长沙金域府

存在的边缘

路　灯

光，把孤独的部分留给影子
驻守与黑暗的契约
等寒风吹过
像汽车疾驶而去，留下尾声

还是一个人独自离开
趁天亮前回家
或是搭乘一辆长途汽车
远离城市的中心

没有人认识你
像从没有来过
照耀，仅仅是擦肩而过的温暖
迅速被寒冷遗忘

你并不是绝无仅有的
另一条路，另一场黑夜
总会被时间替代
边缘，就是忽略了的存在

距离内

想象一场雪,比想象一场雨艰难
我无法揣摩自然的灵性
就像我无法控制你的眼泪
我们很容易被苍茫覆盖
却一直摇动吹过来的风
空旷,比拥挤持久
以寂静的方式存在
坚持向往
坚持心境不被锈蚀

时光经过我们
天空可以随时黑下来
爱,是唯一的想象
彼此以对称,丈量
生命与死亡的距离

困　惑

我们的语言有相同的气味
靠习惯辨认
彼此内心不能触摸的黑
视线低垂
我不忍阅读你的忧伤
更无法证明
沉默可以结出温暖的果

倾诉也只是一季的雪
透明地惊慌
沉重
我想把未来瓣开给你看
快乐地哭泣
透过眼睛的光斑
抵达我们意想不到的
原点

暗　恋

那个结,是你用时间缠绕的
一片叶,半卷的脸
一朵花开过了花期
目光的火,散落一地
一念就是一生
是舌尖上的云朵霉烂成雨
亦邪亦正
是黑夜的码头聚拢远方
忏悔,祈祷,救赎
返回人形
返回道路的原点
返回着色腐烂的旧居
等时光褪去五颜六色,露出爱的内裤

2012 年 11 月 7 日零点长沙金域府

欲言又止

味　道

咽下嘴角的阳光，一滴慌乱的绿
蔓延，从舌头往每一处毛孔
金黄。
像菩提将时光收复成咒语，将苍生点化成烟
你含着水，
自己的人世
将我，汇聚的苦，一点点稀释
你用辙痕储藏了秋天
你用无花的语言，承受更深的静
你用一小块蓝天，获得了永远

破　壳

你的话是锋利的念，啄着梦
像透明的瓶子即将开裂
记忆被剪辑成黑夜的形状
等自己醒来

风被身体一丝丝刮碎，秘密
甜得腻心，像猎人守着隐痛发芽

长成隔世桃园
让美丽独自美丽

界碑，是世人遗传的定律
旷野在四处游荡，栽种荒草和苍凉
你沉默中修饰溢香的伤口
准备在落日圆润的时候，再次重逢

借　口

依据你的嘴形，想说
你想说而没有说出的雪花
水的羽翅载着温暖，跟着你漂泊

依附你的时光，想用
我余下的光阴换取，你一样的喜悦和酸涩
陪你重新长成青葱的树，由青变黄

依赖你干净的爱，想去
把你未摘下的远方，拆解成你要的形状
守着纸上画出的天堂，飞出白鸽

依存你幸福的借口，想要
把城市栽进村庄，在海上安一个家
世界就是我们随时想去的地方

2012 年 9 月 10 日长沙

现世分离

凶　器

唐朝盛世抹去锈迹，黄昏再次在一万道目光挖掘中
被偷换成黎明，你隆起苍凉，最后的本色
裂开地震，洪峰，泥石和海啸
让我们扭曲的脸瓦解繁华，向死亡迈进

我们被一场梦绑架，血液流出乡村和道路
剩下注视，敞开胸膛，唏嘘
命运的回声沦落，万物在枯竭的河床沉寂
我守着你，也是守着自己被分离的肉体

我每天依靠梦死一次，然后活过来

和我说话的风，露出人形
骨头里有白云漂过
接近幸福的模样，你的模样

生活的碎片，将我镂空
这使我行走缓慢，语言被流浪冰冻
无法奉献真心

我举着黑夜，阳光的阴影
趁自己活过来前，说出想说的细节
紊乱的泪水，包裹的现世

在一只流浪的月里，等回信

从哪里出发，天涯没有尽头
我可以身心合一
可以在夜里梦，在梦里笑

目光悬挂熟透的秋天，却锈迹斑斑
沾满了灰尘，谎言和嘈杂
把灵魂邮寄给你，写满了
越来越低的云，和升腾的海
这是我可以继续忍受的唯一方式

我守着自己无叶的枯枝
端坐月桂里
等天空重新修复，等你回信

2012年9月9日凌晨长沙融圣阁

月圆之夜

极地之光

没有什么可以收割的了
除了冬天
继续往前走是村庄
怀里一小片月
足够逶迤,亲人的模样
与回忆一起苍老
露出泥土,世界的底色
黑与白
同时拥有烟云
和随口而出的歌声
孤独裂开缝隙,梦已结束
最亮的那盏灯还悬挂树枝
照着走过来的路

剥开秋月

他不再坚持怀念
月色就是时间洒下的毒
注满体内

快乐是聚是散，奔波之后
他流淌如水，溢出桂香
也渗出淡淡的苦

宁静的时候，最容易剥开
深藏的爱，卑微地守着
一点点落叶成泥

与月光对视

我想和你说出无奈
就像你被谎言作为借口
证明亲情，爱情，友情的存在
我却无法逃脱时间的魔爪
将荒草种满了目光
还要让微笑，一尘不染
这时，我们只需要将未来
掩藏于盛世，节日
彼此祝福，忘记伤痛
不要理会风从哪里来，吹向何处
天总会阴冷，还会温暖
就像你的光芒，也是阴影
没有火焰，只有朦胧
我们以快乐的名义
活着

2012 年 10 月 1 日凌晨长沙金域府

遗失的心跳

之一：初始

你的话，尾音是一缕烟
我看不见开花的过程
以及迷茫的真实寓意

暗香，一直浓烈
像最初的相识，裸露真心
所有被蒙蔽的往昔
依次开启，逐一呈现

一条河流穿过胸膛，荡漾
一样地激烈，心痛，欣喜
唯有此刻，和下一秒让我急促
让我不知所措

手指连着心跳，连着空旷的
眼眸
水声在彼此交汇的时候
就注定了波澜

之二：相恋

一支歌，像一把失而复得的钥匙

月光擦拭过后,飘着馨香
直抵内心那最脆弱的弦
打开千山万水

因为你,我在敏感中更加敏感
一次叹息,足够让我分辨
你表情分叉若干枝叶
风吹的方向

因为黑夜可以淹没目光
你成为我投入无边宇宙的寂寞
也是我向往的星空
和念叨的词语

恨,是爱的边缘
那长满荆棘的栅栏,围着汹涌
和雷电,让我烧灼
让我崩溃,让我窒息

心跳,是你起伏的节奏
因你而清晰,因你而模糊
整个宇宙在一次聆听中萌芽
生命,被命运重生

之三:等待

秋天已经来临,雨一阵一阵

从很远处,高高地落下
跟着心思的沟壑流走
就像你
不愿望见我的背影
在寒冷中,颤栗

独自倚坐桥栏,听风
哼唱那首重复的歌
迷蒙成消失的小径
在灌木林中,啜饮夕阳
任整个人,与天空
一直沉陷下去

等,我可有可无的时间
如此微弱,心跳的速度
因你而缓慢,而急促
影子,不是自己
是与你重叠的时光
开雪样的花
结青涩的果

之四:向往

想象总是潮湿的,触及到你
背影在风中成为一株
草。往离城的方向
低矮进去,直至

思念,瓢泼成一场雨

我们约定的月色,不是透过窗棂
进来,也不是回忆
而是灵魂可以住进身体
一起看流星滑落

悲哀,有悲哀的幸福
就像一条路独自天黑
你是自己的萤火
照亮自己,也照亮了我

天空,被现实装进牢笼
也只是我们的一声感叹
我们同时拥有,一个滴水的梦
我就随时,找到你

2012 年 8 月 23 日情人节长沙融圣阁

回眸，是半张容颜

水中月

群鸟歌唱，将雷电穿针引线
添着我的喜悦
像浪
抱着惨败的秋
渴望永世流淌人间的绿
泪水有浓烈的酒香，那一张虚掩的门
低吟，有影子泣声穿过心的塔尖
雪花跟着灵肉，贴着火焰飘飞
指尖划开时间的立面，下一个人
是陌生领着自己
靠近漩涡，天地暗藏的洞穴
借助流逝和焚烧
认识，低头的自己
真实，是在虚拟中呈现
真实的另一面

刺　客

吆喝，是内心的黑积淀千年的芒
有星子洒落湖面，风跟着足印

斜视
四面八方

你飞逝而去
摸着我激烈而芳香的颤栗
只要一个回眸
骨髓便开满梅花

奇遇，雨翻开一叶枯容

我的舌尖还残留你的暖
山花飘过的岛屿，尽是浪的羽翼
你的锁，是整个江湖
纸上写着炊烟，杨柳漫过手心

整个秋天，你甘愿被一片落叶俘获
吱吱地，火星四溅
魂，在另一处山岭张望
原来的村庄

蝉，渴望每一声啜泣
有金色的雨包裹
从耳朵飘出雪，月光卷曲
打湿还未开放的时间

我不能够，不能够用睫毛敲窗
与青草述说，一阵风中
暗含的真理

紧闭的灯

我沿途播种迷途，收获光阴
以及你侧面的笑容
把眼角的溪水，喂养崎岖
然后，守着那棵古树

借助昼夜，我将谎言淬火
露出寺庙的钟声
死去的人，以身躯
祭奠活着的灵魂

2012年9月7日凌晨长沙融圣阁

动植物后遗症

之一：一只看不见的画眉

声音划破天空，流出远山和近水
流出幸福的音质，不能把握的天明

美丽是想象的颜色，在眼睛捕捉不到的深处
独自艳丽，为着逝去的春光

深爱自己的回音，辽远地相思
心灵每一次绽放，只有风吹动着树叶

饮食婉转的天色，用歌唱替代空旷
即使看见了，也是一只鸟的命运

之二：一朵鲜艳的花儿

影子是终生的镜子
里面的风
无休止地吹着怀念
吐芳的过程，静默而短暂

火焰是阳光沿着身体倒流

每次回忆，都接近枯萎
接近真实本身
接近土地的颜色

散发光阴，就露出虚空
惊讶，急迫
在另一朵花的凋零里
发现意义，发现可以奉献的美
源于内心的爱
放下和执着的区别

之三：一棵林中的树

被呼吸包围，寻找相似的依据
弯曲是为了依靠，牵手温暖

视线向山顶蔓延，向往没有熄灭
远眺辽阔，和独立的个性

所有景色在体内展开风雨
天空有多轻，拔节就有多重

胸怀里长出鸟，都将离去
春天还会来临，你也会独自倒下

2012年6月24日凌晨4点22分长沙融圣阁

端　午

一株植物，在午后的院子里

人们都已经熟睡
阳光是体外的灯，照着尘世
迷糊的影子进进出出
是梦是幻，还是你一直想念的那个人
站在落地玻璃窗外的院子里
静静地望着，像离开多年的亲人
偷偷地回来，隔着时光看你
容颜在光刃上枯黄
胸腔起伏，代替哭泣
陈年故事像一杯米酒，散发后劲
你清醒地沉醉
人来人往的街道，一株植物
无法入睡，想念刚刚逝去的春天
和下一个秋
想念逐渐稀疏的脚步
是否还惦记这院子的寂寞
节日已经来临，有谁可以一起诉说
童年的往事，以及那些忙碌
而安详的人们

一束目光，在滴水的黄昏里

热浪开始于眼眸翻滚
你的目光，是没有遮掩的水
荡起波涛，干净得像没有落下的阳光
直接削切着，我蒙心的尘

开过一次花后，繁枝缛节显得多余
喧哗中，我捉住你颤栗的尾音
像是我经历了一条旷世的河流
甘愿让你沐浴，漂洗

一只杯子和另一只杯子相聚
陈旧的日子，在喉结哽咽中流淌
我躁动地放下过去，隔着玻璃
发现了你眼里的自己

端午，我无数次地揣摩一次相遇
总会在你不经意地露出伤痕之后
我们互相唏嘘，手指上的黄昏
以及黄昏的余热，能否保留至天明

一双手，在即将逝去的夜里

车流碾压我怀旧的声音
高楼，玻璃里的夏夜
我们同时在亲人的电话中

找到相遇的源头，和温软的话

心，无法呈现鲜红的色彩
洁白地张开，是手伸过去
像一株藤蔓将缠绵交给你
我的根，有了生长的土壤
和茂密的芽孢

灯光下，阴影无法虚伪
我们彼此用逼视丈量，一寸寸
褪色的孤独，紧紧拥抱
长夜的慰藉，未来的力量

我可以和你在一片艾叶里
握紧一抹余香，让吮吸的夜
在身后流逝，在松开的刹那
我们可否击打一个盛大的节日

2012 年 6 月 22 日 1 点半长沙融圣阁

灯火，我们相隔一条河

灯　火

一双眼睛之后有一团火
你可以随时发现，却从不轻易
抵达内心
那是你学会流浪，开始试着触摸
一条河流与另一条河流的距离
照耀和温暖的区别

从黄瓜到西红柿的直觉
是天空碎成雨滴
是黑夜燃成灰烬
是你我共一把伞
用一个词，独自取暖

夏天，已经深入眸子
云，已经深入影子
我在梦里熄灭手里的灯
又在另一个温暖里点燃了火

抱紧黎明

我藏于天空的颜色，任古丽敲响铜质的音色

于我锈蚀的体内静静地安置
喜悦蠕动，扩散的虫蛹
吞噬脱落的夜

你是那只飞萤，衔着我的梦
从山脚，穿梭于浪涛喘急的河岸
和我一直不能放下的那个词
那个一直扑腾的火

我和你
在一个老人的话语里相遇
彼此握着江河的两端
看夕阳在雨里浸泡，在时间上风干
那瞳仁里枯萎的花瓣

漂泊多年，还在城市的边缘
黎明，是我们唯一的借口，和流浪的语言
你在向黑暗的出口狂奔
我却在黄昏的路口苦等

出入尘世，是自由的
也是无奈的
就像我的孤独，无法拥抱你的孤独
就像我的翅膀，无法啄食你的虚空

此刻，天亮前的沦陷
我无法紧紧抱拥你发冷的身体

我们独自,用激发的信念
抱紧黎明

风是雨的哭泣

我怀里的巢,孕育的天空
飘着云飘着雨
飘着我反复掂量的那句话
潮湿了整个夏天

我想用手里的阳光
和你兑换,藏于我骨子里的哭泣
你紧一阵慢一阵,远远地
在视线里回旋

所有的消息,在一株草尖凋零
包括我们相拥的时日
滑过记忆的河流,像一条飞翔的鱼
脱落陈旧的鳞

暮色的花,在脸上褪色
那斑痕,是你一次次经过的爱
经过的春天,燃尽之后
残余的风雨

2012 年 6 月 9 日晚长沙融圣阁

帆 梦

夕阳拽着扬起的眉，叙述来临的夜
以及两只酒杯对视之后
剩余的欢喜

山，以厚重的呼吸
进入彼此的胸怀，那转身的林子
暗示，一个时代的生死

浪跟着浪，循着河流的顶部
滑过对岸，那新鲜的灯火
醉了，重新修剪的发髻

飘起的梦，帆尖上的风
是否会反复游离于，今晚
喃喃自语，泅渡在心与心的救赎

救 赎

生命，重新回到一只酒杯
藏着的双眼
迷离，是往事被又一次提起
一口口从嘴里咽下

凉，浸入话语里的温暖
像清新的竹子，破开了脆响
心空，如即将来临的天明
一双手伸过来
在轻轻的一瞥里，交换
一朵云彩飘荡之后的岁月
那暗淡的绯红
描摹，一个现成的世界
在一句话里，盛开无法把握的花蕾
睡去吧，今夜的繁杂
还会在你醒来的旅程，等待
一个不可捉摸，而又欣喜的未来
返回逐渐消瘦的身体
你再次拾起自己

2012年6月6日凌晨长沙融圣阁

不以己喜，不以物悲

之一：午后的阳光

喜极而疲，火成为烟
把散漫的眼神
置于阳光的影子里
褪去热
让风，吹散欢娱
像一支穿心而过的箭
让呼啸陷于寂静

睡意，可以隐约热烈
可以取下执着的外形
反向而行
抽走浮华，繁杂，艳丽
也可以抵达意料不到的目的
裸露的内心

之二：门

所有的路是为归宿而去的
是怎样的形状
却无法看清，所有的人

把路踩成沟壑的时候
你，是拿走星辰的黄昏

始终不能关闭，最初的啼哭
以及那双眼睛敲响的
回音
你可以阻止任意的风
涤荡跳跃的春
你却无法带走
硕果累累的秋

之三：阴云

艳阳，随时带走青春
留下一年又一年的岁月
和苍老

手心的汗，还惦记着余热
那温软的话
涟漪一样，逐渐平静
似你未曾来过

飘来飘去，许多人
只是模糊的印痕
天空，空得只剩下
你可有可无的，天空

2012 年 6 月 14 日午长沙

过去，给未来的承诺

巧克力

一首歌不断重复，竟然有脚步声
叩响，那些聚拢的雨
以及雨里细微的抽泣
自己吮吸，苦涩流淌着笑靥
如新伤，划开旧痕
心甘情愿在最深的痛中
品味，那极苦里淡淡的甜

寂寞可以一直寂静下去
只要还有力气
想一个人
然后用过往拼接
目光到达之后，熊熊火焰
从深埋的海，漂浮而上
用余生去回味
等待，融化的理由

陶　罐

陈旧，是血液守着循环
在记忆退潮之后

露出暗红的伤口
露出断裂的时间

新的黎明还未到来之前
胸音嗡嗡作疼，孤独发酵
尽是昨天，经过远眺的风
遗留的爱恋

无法盛下整个天空的光芒
就用吝啬，小心翼翼地爱
拥抱空荡的内心，独自回响
电闪雷鸣

自己的世界，是澄明的
空，也是回忆烧制而成
从泥土的内质中，窥视
一个梦破碎之后，另一个梦

爱

心可以打开，却无法收拢
时间的网，紧紧牵连
每一句说过的话
依旧新鲜，滴淌
那一点点消逝的过去

最痛的重量，不是分离

而是永远
是心跳的距离
波浪渐渐宁静
铺满浮萍

哭过一次后，悲伤显得多余
活着，抽取未来的含义
是影子依靠影子
把一份心思
无限放大，然后剥离
最后献出自己

2012 年 7 月 31 日凌晨长沙融圣阁

天 涯

海 天

你的声音有海的味道,
驮着浪,推着礁,诉说岸的今生后世,
让我恍惚,舒展。

风,缓慢抽丝,
细细密密缠着你,涂满银辉,
跟着海鸟滑翔。
把所有相遇的细节,拆开来,
重新织一个巢,
让我寄居,空朦,沉静。
一切记恨和忧愁,成烟成水。

每天当作末日来爱,
海天就是你唯一点燃的那炷香。
不和岩石比坚硬,不和时间比苍凉。
想哭,就下一场雨。
想笑,就吹一场风。

舍弃了远,你捕捞了海阔。
无限地小,你触摸到天高。

客　家

根，植于心里。
从炊烟往高处远望，风的方向可以安宁飘摇。
经过你，先经过一汪荡漾。

盘踞。
围龙居，十年一轮回。
历史的锁孔荒芜，茂盛，再荒芜。
每次在陈香里返回，以客居的身份叩拜，
你离开自己多年。

梅菜，干笋，时间惊慌时被反复翻晒，咀嚼。
欢娱里泪水涟漪，幸福被生死搓成回忆。
地域，初始的心境。

围拢。
漂泊一个天空，一走沧桑变。
回来，旧时的门槛印着一道道岁月的深痕，
亲人的眼。

天涯属于叮咛和约定，那不断的风筝，
线是彼此的念。
天黑后总有天明。
你把一个字默念千万次，你就是自己的主人。
根，飘于心里。

迷　离

摇晃。
回头是一缕烟，离开深深浅浅。
时光给你镀上一层忧伤，整个世宇尽是泡沫。
迁徙，陌生可以治疗幽怨。

细雨霏霏。
你从朦胧里出来，被树叶潮湿了目光。
灰，遮蔽了远山，以及你思想的尽头。
你还在下沉，在浓雾里消退。

江南。满地落英。
草木阴郁，街道冷清，灯光斜斜地拖曳着你的影子，
黑夜提早占据你，让心里的灰更沉。

迷途。漫无目的。
告别一段旧事，过渡尤其绯恻，
眼里飘荡的海，绽放帆影，那个念想从未间断。
你相信未来，也无需重新开始。

异　客

味蕾开花，雾霭。
故乡，已经陌生得让你颤栗。
那山那水，均已生长在倒影里，比照你兑换的原型。
叹息。

从一个念头，离开习惯和沉迷，
牵着自己前往冬天的深，一个可以掩埋的季节，
把背影冰封。
逼视，眼睛满是犹疑，昨天的起居。
喜怒在凝眸与散淡的一瞬。
一切词语是云，你苍翠中，将心抬高一次。

哪一个城市属于流浪，属于追逐，心音驳杂成幻觉。
你可以决定再见，却无法决定另一个启程，
更无法返回原地。
你不能原谅，心有旁骛。
摇头。自视一笑。

兀然。
那出发的名字，让你想一次心疼一次，
孤独里只有脚步声响。
停止，移植的家乡。
你在异乡，不断否定自己，
也逐渐认识自己。

云　雾

转身。
眼睛退潮，现出茅草，松林的苍黄
纠缠，空想
你无力再睁开回忆，烧烤旧的生活
秋叶被重拾哨音，脆裂，钻疼

一直尖进瞳仁
天空下垂，撕咬着路，露珠湿了呼吸
秀发的流水接近枯萎，接近你嘴里的冬天
从怀想中取走目光，却不能从心中取走迷雾
一道波浪就有一道深渊
你掩饰荒凉，梦的原色放大
疲惫。
你磨着时间的刀，等着剥去已死的皮

2012年12月2日晚长沙金域府

世外神龙谷

神龙谷的尽头

你执意往那最深处走去
我们无法揣测的末端
离开灯光的聚焦
人声消失,溪水轰鸣
跟着你,挤进时间的缝隙
让陌生牵着意识
寻找那久违的村庄
月光皎洁,很奢侈地穿过身体
把阴影倾倒在地
我的心,接近云的颜色
空寂得宁静
让山峦装下我们
就像两株移动的植物
可以听见彼此的心跳
融入路的尽头
山谷的回音

桃源洞听溪水轰鸣

一直在寻找超凡脱俗

远离人世，带走雨水和尘嚣
以呜咽盥洗芜杂的往事
我被重新栽种于自然
放下，整个世界
我只是流水的一部分

进入一滴时间内部
一切静止，浮于声音的高处
内心被掏空
不再缅怀那片桃源花香
天空与山峦安置于胸襟
等日落西山，等月光沐浴

口齿已多余，一天恰如十年
我掬一捧溪水
吞下，像吞下剩余的人生

山路弯弯

忽左忽右，身体被尘烟追逐
让灵魂独自留下
神农只是一个异乡
短暂，像一次相遇
怀念依然漫长

沿着山脉的走势
向下，向平坦，向人群

一直朝着道路汇聚的地方进发
抛下溪水，山林，和鸟鸣
遥望，仅仅是目光苍茫的落点
无法供奉更远的天
像一场梦，被再次摇碎

活着，需要弯曲和低垂
骨头接近土地
可以坚持，等下一个愿望
在千折百回之后
回忆，有了新的出口

2012 年 10 月 7 日晚长沙金域府

中国元素

太　极

乾坤交合，我被父母刻上故乡的印记
头顶是天，脚下是地
我不再虚空
从无到有

留守或是流浪
爱恨在掌心，翻手为云，覆手为雨
沿途是万念俱灰的终极
也是我殊途同归的起始

方圆循环历史，黑白是骨头的影子
长满了隐忍的刺
弱小的身躯背负一个民族
灵魂不再孤独

祖国，当我犹疑的时候
我可以忽略不计，但是
我要凭借你的荣光
证明我的存活
凭借我的存活，颠覆世界
从有到无

功　夫

我禅化成一株植物
一次轻吸
收复太平洋的狂风
一声叹息
吐出漫天烟雾
让世界太平得虚无
一次死亡
在天空留下残骸
显影中国

针　灸

我多么希望
抽取一根灵魂种植于故土
让锈迹斑斑的身体
开花结籽,满世界都是药香
然后,用记忆
刺痛千年的疤痕
我们不再逃亡
可以相互代表人民
让骨头卸下石头,发出声响
让坏死的肌肉燃烧火焰
流出鲜血
流出黄河与长江

2012年10月1日国庆节晚长沙金域府

美女，沉陷的江山

貂　蝉

被祭奠了上千年，一片飘雪的月
一颗冰凉的泪。
美到极致，外纱如银辉泻地
只剩裸露的心

一个故事，三角恋爱，被冠以王者圣剑
悲哀是从腐朽的窗棂开始的
从生世结束。你有你的灵魂
却无人问及，任其悬空

四百年，一棵梅花含于口中
等血液凝固，等苍天陷落
等那个可以等的人
开成一朵洁白的香桂

贵　妃

琵琶弹奏出千军万马，呼啸的圣旨
为王而生，为社稷而死
顺天承应，应承了百姓的沧桑

薄命，也是一朵花的宿命

出浴，江山隆起历史的深壑
万千条道路，总有一条可以升天
漫山遍野的花草，纷纷低伏
让开一声钦羡，一声叹息

百年，十年，都是一天
都是出入一个怀抱，将自己奉献
只需要一个夜晚，一个黎明，一个转身
你可以在脸上收割光明的花
浩瀚的月，以及万里长空

西　施

眼睛里始终荡漾一湖春色，一个命运
在一双手里被牵出一个疆国
意义，可以替代金钱之上的权势
和一个朝代，一个历史

梦想，也只是内心的一条鱼
在刀光剑影之下，沿着江河漂游
阳光是沉没的浮尘
往最低处黑暗，一直延续的愿

深宫是衣襟的楼台，锁着笑容
和一直想说的话，想唱的歌

为自己的容颜，为一缕暗香
为可以选择的那份爱

昭　君

为死而生，赴死而去
跋涉，是一场千古的传说
在万里长烟里，演绎皓月当空
栽种春夏秋冬和一条路

蜿蜒，从儿时的梦开始
直至为一次王命，一个家族，一个国土
在展翅远飞的长啸中
熄灭烽火，安于民命

志，只在一念，只在一瞬
你起伏的胸，牵扯万马奔腾
以及时代的和平，传颂
一个美丽的风骨，深埋一个万世

2012年6月10日零点长沙融圣阁

我穿过灵魂的针孔

胸　怀

沙子是长风吐出的黄金
没有鸟翅的痕迹，只有不朽的宫殿
三字成行
内心深藏的雪
孕育万物
我在万径可以抵达的一个原点
等待一个人一片浮云
将我湮灭
我可以让寂寞堆积成山丘
也可以让呼啸穿针而过
不完美中，我失去万年一次的相遇
出走，隆起大地
死于一瞬
我收获了一个又一个清澈的蓝天

我醉了，却醒着

夜晚，是我谎言生长的一棵树
摘着星星，抚摸的耳语
成功的宣言

与每一个舌头对接
寻遍花的眼睛
我是另一个人的替身
锁上末世
用精神坚守一个世界，撬开的门
我可以顺着你的体香
迷途知返

悖　论

你藏于刀芒的背面
积聚力量
以一座峰的气势，劈开历史长河之后
虚无的唏嘘
献出舌尖，如蛰伏的真理
失去山重水复
陈池之上，楼台高阁
孤独发声
亭亭。
玉立。
黑暗搂着光明，搂着澄明的火
融化，焚烧，奉献
用肉体寄养灵魂
用一颗心
无限接近另一颗心

旧时光

怀　旧

濉水经过红色的高粱
你是高粱上，那尖尖的翘望
瓦砾打磨的手掌，举起
无数的火把，无数的呐喊
微笑
是心底最轻的一朵浪花
所有记忆，在询问里
被反复擦洗
那山头的旗子，永远的风向
摇着坚实的背景
天空栽满了每一寸土地
光阴褪色
母亲，当又一阵风吹来的时候
你手里陈旧的时光
再次温暖地发亮

心

触摸就会颤抖，空着
也是水的余音

天空是倒转的土地
每一个悬梯，是眼睛的门
穿过彼此，含在嘴里的静默
互相抵达流浪的黎明

今生，是一个迷途
在茂密的草里荒芜
或者，在一朵枯萎的花里折返
在一个焚烧的夜里涅□

开启，是一条通道
也是一个贪欲，像一只狗眼
更像一个灵魂
那一尘不染的时光

你可以抢走我的迷茫
却无法占有我的信仰

故　居

在时光里，守着朗朗书声
以及历史一个个闪电
你把新的孤独档在门外
用宁静保持平衡，保持自由的速度
陈香，是一万种怀念
出入的口子
打开一条河流，释放静谧的水

月光顺着进来，喧哗出去
日复一日，生命死去
而遗训却一脉相承

时光，一个一个门

临走，父亲交给我一声门的叹息
他把过去也关在缝隙后
那卷曲的光线
用袅绕，遮掩烟一样的眼
这一圈一圈的尘
是我走过的路，那抹不去的记忆

如今，父亲还在那门里
而我还在门外
佝偻成一根无限压缩的弹簧
在念想和向往中，热胀冷缩
我看不见苍老弯曲的痕迹
我只看见，在门中穿梭
那直立的眼睛

2012 年 5 月 6 日下午长沙

出入尘世

草

你获得天空，也深陷随时围过来的空茫
风，留下灼目的闪电而去
你内心的黑，逐渐蔓延成夜，凝聚
露珠的苦。
那高处的树，以及花香述说的快乐
不是你。只有阳光下阴影深处
的孤独，才是独自的
幸福

入　世

天使的翅，飘于市井的开口
一小块孤独，如半片镜月
深入楚歌
反复一种念，念成为吟唱

超然于世，我是我的王
胸中的狮吼只剩原野的寂寞
月光摇曳着风
一直经营的夜，鞭响满天碎落的星

种植的水草，往身体外蔓延
波涛之上，尽是隔岸尘烟
我无法在河底一颗裸石里岑寂
无法在汩汩流淌里
独自成形

歌声中盛开玫瑰
不忍抽空泥土里的恩情
将年华缝进深陷的掌纹
入世
在千万次遗忘之后
想念自己

出　世

你和我说话的时候，灯在暗自抽泣
深入彼此的呼吸，吮吸芬芳
对视。我用未来爱你
而此时，
你一直用过去拥抱我，抽走思想那跟断头的丝线
像风筝远离喧嚣，尘烟
话与话之间是天堂
白色的羽毛悬浮一个完整的世界
你是我花朵里含苞的蕾
是我托着你，还是你拥有我
这是孤独形成的过程，也是我的忧伤
我离开之后，折返，带着灵魂再次和你相遇

我们相隔一条河流，近在咫尺
我波浪里的理想，不能承载你的波浪
新的孤独，是我呈现的光芒
因为你，无论我从身体哪个部分，进去
一片云的精神。
出入，都是短暂的一生

2012 年 5 月 2 日长沙

与自己走散

苦　楝

你的灵魂是一只巢，身体的枝丫捧着苦难。
像天空吹散了孤雁，像烈焰捂熟了青果。
这一切，在针叶茂密的缝隙间，
从细碎的紫开始，暗香。
拨开雾霭、琐碎的忧郁，你的哭和笑一样不露声色，
遗恨。内心的蝴蝶，在盛世的春天，
与自己走散。
只听见寂静呼唤着：知了，知了

灰

你一直低矮下去，直至接近一粒尘，
出生的旧居。那里，
蜻蜓掠过篱笆，你看不透的脸色像一把伞，
被黑染过，又透着白。
视线一再切割，像寺院的钟声，
悬浮。迷茫。
就要消失的时候，感觉一阵风，
将你轻轻地推了一把。

凹　陷

迷人的波浪让你深陷进去，
门轻轻合上。
你与天籁抱在一起，残缺的身体渗出鲜血，
吐出黑暗，献出烂漫。
你被凡尘埋葬，又在这夏日里，
获得了火焰。
将一生积淀的窒息的美，用青草、鲜花、满山的色彩，
点燃这天空盛大的虚空。

枯　萎

你可以透过水，一眼就看透了美，
卷曲，松弛，沉寂。
一切都已就绪，
像鸟儿收拢羽翼，等风停息，等夜色降临，
等镜中一隅，倒向自己的影子。
那些逝去的依然还在，
只是春色藏于内心，
只是不以执着辨认向往。

痛

我的伤口是一条路，每挪一步，
都是痛。
我用尽最后的呼吸，
尽力保持微笑，却飘落满地的雪。

沉默。
骨头响彻波涛。
天涯是我弯曲到夜黑，再返回树枝，
像风筝，没有线头，没有忧伤。

2013 年 7 月 6 日午长沙金域府

夜色正浓

暗　夜

夕阳的灰烬还在扩散，漫过我，
往那平缓的远处荡去。呼啸托起浮云，
让目光冲淡而迷离，呈现花开的初衷，
和折痕。月色有些幽怨，
隐约地叙述树叶摇曳的风，
将心事一层层涂抹成漫天的灰尘。

我沿原路返回居所，想抽身于落日的坠毁，
这巨大的陶罐。嗡嗡的声音，
像人群杂乱地敲击，又像来自身体的内部，
慌乱，闷热，随时就要爆裂。
灯光依然不能阻止黑，蔓延进来，
终究将自己融入更深的黑里。

星空像一把琴弦，将一些人和事，
闪烁成唏嘘和余音。我在这寂静的镜中，
看见自己正木然地微笑。

竹　园

细雨是人流的落叶，飘零。

闹市的一隅，围墙隔绝的唐朝的荷塘边，
与一片蛙声相遇。竹叶□□□□，
用摇曳暗示心跳，在起伏的浪尖找到安宁。
流水从内心抽出星光，透亮尘世的迷茫。

青涩将锈蚀重新着色，萎靡开始苏醒，
夜色很快从竹林内部渗出，掠过青草、花木，
和栅栏，潜入月光无法抵达的深，
将散漫的我托举成轻盈。时光开始碎裂，
在风中拼接苍老的秩序，此时此刻，
村庄似乎又再次回到苍翠的怀里。

当天涯在竹林的眼波里，流浪，
孤独与孤独相认。

汽　笛

当心湖极力保持平缓之时，人流撞击着，
每一个拥挤的出口。
那更高的流淌，
低处的回旋，
不能悖逆的潮势，同流，或者沉寂。
愿望被切割成断续，
像呼吸积压的，
云。生活漂浮的碎片，
是呐喊抛起的，尘。

愿　意

我愿意,将深埋于孤独里最深的孤独,
连同我烧灼的心,吐出来。
听不到犬吠,它们已随灵魂升天,
我还沉湎这稀有的高亢,
呼唤安宁,这烧焦的寂静,依然滴血,
刺痛那些茫然的、黄金般的注视。
我愿意,将锈蚀镂空成云海的形态,
成为自然及宇宙,唯一的警示。

2013 年 6 月 29 日上午长沙金域府

放养

骗子

我跳入你眸子的波光，
划向那无边的岸，水鸟哀鸣地呼叫，
像风雨从未停歇。邂逅于街口，
人群佐证了旧时光，还是当初的模样，
相视而笑，嘴角溢出苦涩的血。
还记得那一年的这天，
彼此不修边幅，是任意的渡口。
随意说出，也是真心拨开尘雾裸露的钥匙，
开启，一段刻骨的火热。此时，
每一束注视，都那么陌生，
像要挖掘我从始至终的真诚，一切都似乎，
欺骗。风也是骗子，灯光也是骗子，
身边的人，都是骗子。
现实回到我饱胀的血液，满桌狼藉，
是我赋予你的残局。
最终欺骗了你，自己也被喧嚣蒙骗。

假象

我将自己灌醉，是为了迎合你的到来，
那满腹悲伤。杯子倒空了回忆，
只剩一双干涸的眼，相互询问微笑的背后，

有多少祭奠，可以流溢馨香。
不敢指出沧桑，像是昨天牵手的温度，
依旧温存。一首歌可以重复翻唱，
而我们不能重新来过，欠下的债已经沉重，
背负不了存在，注定要互相告别，
在一浪高过一浪的热中，让火焰从汗珠里渗出，
爱。朋友纷纷散去，车流碾过俗世，
将我们重新缝合的碎片，再次破碎。
我以为欢笑可以替代忧愁，
灯光可以穿透黑夜。然而我执着的目光，
终究将自己关闭。

模　样

你始终敷衍了我，用良知遮蔽了个性，
像云里的月光。
你的笑露出了破绽，滴血，
并把伤心掩埋于一首首相似的歌声中，
等第二年的春天发芽。
我始终看不清你眸子长出的刺，
是相向，还是反向。
异样，那些经过的人群道德的辨认，
绝不是善良的端详，
那满溢的灰尘。
我的皱纹是你流淌的河水，放养的愿望，
像一条条穿梭的鱼，不可以同时游入，
同一段时光。

2012 年 6 月 22 日凌晨长沙金域府

长沙，夏夜

岳麓山，风声

风一样离开，陌生是自己的
像黑夜迅速围拢
陈旧的生活

风在高处盘旋，吹散了眺望
也吹乱了回忆和惆怅
而山下灯火辉煌

这繁华，并不能掩饰内心的荒凉
与满腹犹疑
似乎在风的尖叫中，寂静

想说的话，都在岳麓山的风里
不染尘埃

橘子洲，流水

无处可逃，内心是唯一的居所
在流光溢彩的漂流里
我爱这不沉的岛，永远的黑

夏天躁动，让我脆弱
每一次相逢，像经历一次生死
留下盛大的虚空，和呜咽

你一直在，任时光流逝
让浪涛擦洗忧伤，等岸醒来
等秋天结满橘子
等我，完成自我救赎

天心阁，月光

每个人都有最亮的一弯月
而此时，夜深人静
我等着你说出，往事

那些过去，那些弯曲
怎么能够将我们渡过今夜
像手里的书，被翻过很多遍
依然纠缠

我们有各自的城墙，包围着市井
疼痛的门，打开月光
也打开沧桑

目光停留在月光中
我留宿于天心阁的
回忆里

2013年6月3日午长沙金域府

时光驱赶我们

现　场

夜在拥挤中，把黑塞进每个人的翘望里
交换剩余的证词
等幻想淹没，等一切逝去

那些来临，像灯光逼近死角
那些无数可能，被一双双手推至前台
那些欢呼，只有自己忧伤

微笑，而脸在抽搐
只有淡忘，一切仇恨和爱慕
看见身体在呈现后，被心中的火焰
围剿，燃尽

从熟悉逃亡陌生，又在陌生里
返回熟悉，像一场漩涡
在更大的漩涡里，消失

彼此用存在证明，卑微比卑鄙更为光明
现场比现实更为残忍

以　为

以为风的后面藏着蓝天

以为鸟离开树，飞翔已经死亡

以为一切遗忘，空又重新回到当初
以为眼神跳下悬崖，呼吸尽是烟云

以为人群就是流动
以为离开就是谅解

以为呼唤可以印证回忆
以为拥抱可以无限接近内心

以为梦开始沸腾，伤口发芽了春天
以为承诺兑换永远

名　字

念着你，像失散多年的情人
欣喜，忐忑，充满坏意

可以让肉身退下
却不能不被记起，呼唤
这是虚妄还给人间的真实意义

可以忽略，你多余的一个字
仅仅深爱着，自己的名

2013 年 6 月 1 日儿童节长沙金域府

隐隐作痛

当群鸟飞过

我端坐于一群鸟的呼啸里
极力保持沉默
这注定的喧嚷和泣诉
终究会在撕开的弥漫中
被弥漫重新缝合，连同我呆板的目光
和脸色。在你飞翔的过程
我找到了崎岖，阵痛随时醒来
将苍黄再叙说一次
那干枯的往事，又怎能辨认猜忌的天明
在夜色来临之前，急于告别
这慌乱，这沉重，这心跳的尾音
是否再次回来
像你消失的天空的尽头
像我日渐老去的青春

街　巷

你将弯曲一节节展露给我
沿着风声摸索着方向
那更加光亮的出口，复活的天堂

逃离逼迫，挽救这即将吹散的身体
以及你也受够了的阴凉
市井的笑容，褶皱里尽是灰烬
我看不清长发里的呜咽
包含的人间
在每一束光线抽打的脸庞里
辗转，这被雾霭驱逐的时日
往深夜里一直幽深下去

高墙，青瓦，我的心情灰白
逐渐麻木的肩膀
长满了记忆的苔藓，腐水的异味
隐情，斜靠落日，按住巷子尽头传过来的
酸楚的吆喝，想起故乡和亲人
我被掩埋已久的死穴
再一次隐隐作痛

离　开

每一声脚步，似乎都在催促
裂变

那些还来不及说出的留恋
那些彼此的黑暗
一一长出荆棘

曾经约定，一起挽着黄昏看火焰

我们却在火焰里互相点燃
末日
听到了玻璃的划痕，再次长出伤痛
切开人生，我们储存的美好
那些美好哦，流淌
泪水

转过去的身体千疮百孔，遗漏的灵魂
还在原地
张望

2013 年 5 月 23 日凌晨长沙金域府

秘而不宣

纸　屑

将自己碎裂，渴望
门窗隔离的现世可以独自回去

满地凌乱，这重新织就的新网
是坚忍被再次撕破
一个诺言，储存的一个风雨夜
一个不能示众的秘密

火焰是柔软的
从身体开始悲伤，未来都是灰烬
自己始终透明
像雪花，坠落得无痕
像泪水，纯净得无声

密　码

你只能凭自己的方式打开

心花
黑夜绽放的秘密
以爱的名义，用往事与惯性上锁

进入，有月光敞亮

以及一览无余的生活

如果离开，你将无法返回昨天
也交出了重新排列的秩序
与自由

沉　默

沉默的人始终孤独也清醒

从你的眼睛进去，拨开慌乱和迷茫
勾勒出未来大致的轮廓
与回忆并无两样，抽出的线条
描述一段爱情，与烙印
阴影被光忽略了，沉重无法开口
说出生活可有可无的光阴

思想再缓慢些，直至稀释到一丝气息
语言苍白得不能争辩是非
像花开也会凋谢
你反复念叨的那些词
是否存在额外的意义

我沉默，掂量着与死亡的距离

2013 年 5 月 21 日晚长沙金域府

宋玉：九章

之一：风，一个灵魂的皈依

荆楚大地，仍然飘着箫声
是模仿屈子的长嚎
是穿越笛孔的悲吟
是策马而过的响鞭
那孤独的尾音

你可以带给我战鼓般的雨点
经过起伏的丘陵，用辞赋命名
你可以带给我一个云梯
用眼睛攀爬，用心灵的花香
沐浴。你还可以
让我在词语的枝桠
筑一个圣洁的巢
供养一生

你追随一个高度，留下低旋
颤抖，和发光的遗风
你切开生活的内质
可以在一片落叶里凋零
可以在一滴露珠里返春

是一种飘逸，让心动藏于无形
是一种流淌，让果实露出内核
吹开一朵花
历史结出翠绿的芽
吹拂一个人
灵魂在眸子对视之后传承

之二：梦，一条不息的河流

随便踏入一条河流
我就可以找到你的骨头
那些由你分割的江山
在我身体里，哭泣

你依赖一个高山，顺势蜿蜒
以波涛替代内心的呐喊
把每一个黑夜当做白天歌唱
让坦荡在曲折里喧嚣
让率真在跌宕里沉寂
让沙砾在快乐的另一面
堆积游子金子一般的思念

想成为旷世的云，你必须
经过万千磨难，前往可以升腾的海
你日夜膜拜的神
是内心投入思想的影子
沧桑之后的幻象

依恋之后的女子
告别之后的乡亲
颠簸之后的土地

你一路捡拾现实的碎片
那些被烈日烧灼的灰烬
那些在雪野里掩藏的生命
那些流域灌溉的古老的文化
以及你亲手点燃的文明

之三：神，一把永恒的竖琴

旗子，是风向的标识
在你书剑指引中，诞生自己
你膜拜的王，永远是胸腔
暗藏的歌
仰望高山，夕阳坠落
梦，开始繁衍
火焰里，爱是活生生的神
衣裙翩跹中，归宿再次复活
政治是一朝一代的雾，终究散去
你的神，至死不渝
在你朝思暮想的国度
从在河之舟驶来，穿越汨罗江畔
源远流长
每一个笛孔，是一个坟墓
更是尘世浮云之上的天籁之音

让世事流过身心，流过新的孤独，流过虚无的高度
最后，洗净铅华
露出傲然的骨

之四：物，一个温暖的词

我无法揣度你怀里的一小片秋
那些被战火焚烧的焦
残留的马鸣
被黄土埋藏的楚地深处
隆起山峦，飘荡河流
与出生有关，与江南边陲的小山村有关
那洁净的水，养育的美
歌颂的美，还在以辞赋的形式
传递阳光和风雨

我不能无视一段沧桑，长出的树
那深浅的纹理，伤痕的年轮
低矮的茅房，遍野的草
烧毁，繁荣
印染一个个岁月
铜质的韧性，和锈蚀的思想
再次飘香。我因为你
迷恋一株稻子对另一株稻子的依恋
迷恋一棵树对另一棵树的恩情
迷恋一块土地对另一块土地的思念

我期待，你再次回到我的意象
在一声叹息里
在一次审视里
成为我对整个世界的
温暖的词

之五：赋，一首飘香的歌

舌尖的私欲，是你品尝的一小块毒
顺口而出
以自然顺应自然
对话，也是经世良药

以书为邻，遍地草木
以师为纸，推陈出新
擦拭每一声光芒，展露新的锋
洞穿厚重的阴霾
和阳春白雪

孤独有孤独的理由
正如你寻找高山流水，缝合
断断续续的琴音
延续苜草的黄，燕子的哀鸣

眼神藏于语言之下，空灵
而后深邃，交出一颗滚烫的心
让灵魂抚摸灵魂

让寂寞疗养寂寞

景，是你另一个世界
另一个爱人，你情深似海
专注的信仰跌倒之后
可以传世，可以疗伤，可以揭示
人生的全部意义

之六：名，一柄反向的剑

当身体干渴的时候，你需要雨水
灌满所有的眼睛，一人之上
万人之下，士大夫
用文字和词语堆积的砖瓦
一个精神的居所
光宗耀祖，万世流芳
你扬起的木剑，闪电经过自己
风云随即而来，生命承载的重
逆向滑落，轻如鸿毛
从书本走向神坛，最后回到书本
一页一页的记忆和抒情
一个一个的人和事
像秋天的落叶，不甘寂寞，却归于尘土
像庙堂的钟声，抽取了光芒，却逝于宁静
像人民的仰视，流传经典，却忘怀官爵
你可以挥舞锋利的名字
你可以缅怀万世的瞩目
你无法逃脱那寒光反射的悲鸣

刺向渺小的独我
一粒尘埃的属性

之七：坟，一颗闪烁的星辰

星辰陨落，余晖还在传诵
黑暗接着黑暗，你就有闪烁的余地
在隆起的黄土上，长满了一茬茬青草
天空掩埋了俗世和战火
马蹄之后是车轮的痕迹，以及逃亡的人们
白昼的光，无法辨认的方向
只在灵魂清醒的时候，从你的温暖中
感悟热，和力量
借物抒情，依景舒心
埋葬了一个身形，却竖立了永久的记忆
以及记忆中最亮的那些辞赋
我可以借助你
度过浑浊的河流
盥洗内心的顽石
抽取茂盛的迷雾
呼喊久违的爱恋
最后，在抵达自己那座坟茔前
看清，一座坟，一颗星辰的含义

之八：乡，一个有爱婉转的地方

一条河流之后还有很多河流
就像你用汨罗江水灌溉了更多的田野

然后返回道水的源头
把自己遗忘，留下千古绝唱
留下一个婉约的格律
留下后人可以摸索的路径

婉转多少次，成为乡
成为你梦开始和落脚的地方
炊烟是口望之后眼眶里的水
是你血液每次沸腾时，激昂的斗志
是你迷茫的眼睛，可以看到的光芒
是你爱的握手，以及火种

背负着潮湿的情感，你细腻地美
满腔的暖，照耀可以延伸的路
穿越崇山峻岭，涤荡阡陌交通
像竹子，举着根
一节节升起空旷的胸怀
用翠绿证明春天，用苍黄呼唤秋天

有乡就有爱的源泉，就有爱的起点
就有爱的归宿
你收割个性，驾驭风俗的遗传
从战国开始，世代相传
缝合间隙
因此，日夜不会孤寂
你永远年轻

之九：根，一种精神传承的出处

你带给我一个哲学的命题，从跋涉开始
经过人类的繁衍，和一株草的命运
奉献，哪怕一声轻微的呻吟
哪怕门缝里一缕光的照射
总有出处
尘世里没有无缘无故的爱
覆盖你，抹去旧痕，露出坚硬的核
生命的本质
源于十月怀胎，源于部族的联系
不是凭空的神话，虚无地幻想
你需要被输送，被收藏，被纪念
你成为一个符号，一个民族的象征
就像我们需要可以驱逐寒冷的火
在冬天，度过颤栗的身体
在黑夜，度过迷茫的孤独
在清晨，度过脚印的徘徊
几千年之后，我们仍然需要
在我们丢失的迷途，不仅仅有粮食
和服饰，我们歌唱和传诵的方式
那厚重的文化，拨开泥土
就有根须缠绕我们
让我们重新找到精神
在精神里找到自己

2012 年 5 月 17 日凌晨长沙

溅　水

一

我一直怀抱你的哭泣
是我们有相同的寂寞
黑夜流经身体
洗涤成白昼
洗涤成岁月
洗涤成故乡的颜色

雨水衔着阳光的甜
途经手指
颤栗，千山万水汇聚
在思念里，冲刷记忆和向往
那过滤的苦
一点点渗出来
伴随眸子里的水声
渐行渐远

回荡，明天还未来临前
我用孤独想你
快乐总是很短暂
回忆总是很漫长
我无法回到源头

与你相遇
我只能在深夜
与你共鸣

二

芷草，在想你的岸边
摇曳白色小花
涟漪，借助风潜入馨香
那清谈的呼吸
静默地流淌
随时让我清澈见底的心
洒满忧伤的月光

我被你发现
是褪去尘烟之后
山色倒影的绿
相互见证，漂泊的距离
可以在遥望之间
让时光逐渐安静
在彼此的枝头栖息
怀念，我们共同抵达
苍老的家园

三

你凭借一腔胸怀，拯救了我
用蓝天白云装饰我的眼睛

用波涛清洗我的聆听
你策划群峰
让我浅显的心事
更加深邃
你用无止境的跋涉
让我获得
羽翼之上的光芒

你不是一只蜻蜓翩跹的意义
所有的景色
都暗含四季,我抱紧你
也只是爱的一朵浪花
我不能永远拥有
一世的奔腾
流失了时间的容颜
我找到你,还可以
重新发现一片月光下
独自咀嚼的箴言

四

我沿着漂流,往更宽阔的流域
寻找离开的空白
歌舞升平,是苍茫之后
短暂的欢娱
这里有更深的孤独
从骨髓中响彻开来

碎裂成流水的声音

此时,我更加地想念
那群鸟起舞的清晨
每一滴露,呼唤一片草叶
每一阵风,打开一抹春色
这是我和你相遇的情节
被无数次描摹,撕扯
我怎样才能用灵魂
根植于你的内心
开白色小花,开遍河岸
开相同的梦,开遍未来

五

我和你,有相同的愿望
当我们安静的时候
真实,在假象中露出骨核
涛声从远处而来
明山叠翠,兰花烂漫
是我们把夕阳
停泊在眼眸的末端

我的安宁,在你的覆盖之下
像一尾鱼,游弋于浪花
与河床底部
妈祖庙凝视着河面

祈祷千年不绝
我可以放弃所有风景
只要相守着，度过余生
这也是我，唯一爱你的方式

六

你的汹涌，是发自内心的呜咽
是长久地沉默之后
命运回旋，留下悲哀
留下沉浮的帆影

我无法漠视，一条河流
被长久地遗弃，包括童年的嬉戏
蒿草里一颗星辰的遐想

我始终被爱，牵扯，翻腾
我在有关幸福的词语里
翻找另外的注解
和你一起跌宕、波折的细节

你的心思，超越了江山的高度
随着生命的岸，拉着愿望
往最远处进发
直至最远的浩瀚

你的名字，只喻示一次舞蹈

用整整一生去试验
相爱的过程,以及闪电之中
最深的痛最孤独的璀璨

2012 年 8 月 18 日下午长沙

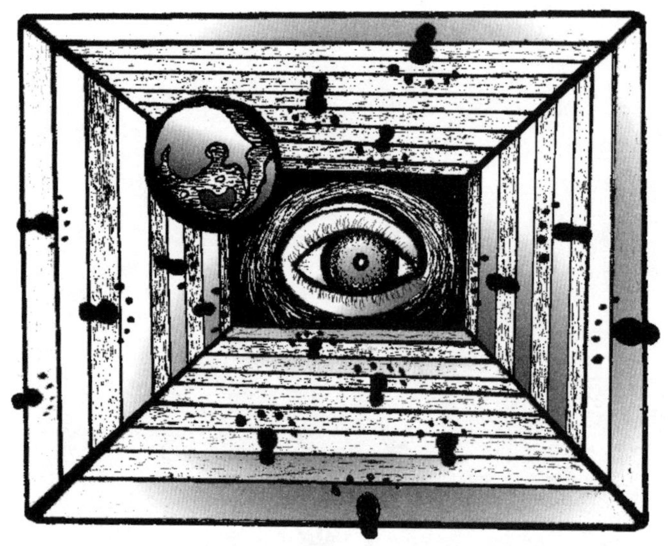

李明月 / 画

文本细读：
《灯》的 N 种解读

南鸥等

飞翔的鸟克服了自身的重

程一身

焊接事物之间弥漫的诗意

草　树

显与隐的裂变

宫白云

文本细读

《灯》的N种解读

灯 / 杨林

与你重逢,是在我交出灵魂之后,
将世界所有的黑,
藏在体内。
风,不能替我吹灭一切原罪,不能示人的私欲,
烧毁成灰。
你将我的忧伤倾倒在地,我成为你摇曳的影子,
成为你透明的水。
你是我双手合十生出的那缕火焰,
让我身心合一。
在闪烁之中飘忽,你是我最陈旧的地址,
当我将自己邮寄给你,什么时候,
我还能返回尘世。

南鸥:在与黑的对峙中完成灵魂的仪式——

在我们的认知经验里,“灯”是温暖和光明的象征,从更为开阔的意义上说,我们可以进一步解读为精神层面的方向,甚至可以解读为一种神性的光芒与力量,而当我们沿着这个向度衍生,它的意蕴就会变得更为丰富

而绝妙。如果从已有的认知经验来解读，难免会落入俗套；如果我们孤立地来解读它衍生出来的意蕴，在它衍生的向度上天马行空，也许又有华而不实、大而不当的嫌疑，甚至会落得盲人摸象的笑柄。任何艺术的思想与美学从来就不是孤立的，也就是说，我们只有回到《灯》这首诗歌的具体语境之中，我们的解读才可能具有价值和意义。

从第一小节来看，诗人起句就不凡，为这首诗歌定下了基调：

> 与你重逢，是在我交出灵魂之后，
> 将世界所有的黑，
> 藏在体内。

在我看来，无论是“我交出灵魂”，还是“将世界所有的黑，藏在体内”，都是诗人的一种孤绝的精神姿势，是诗人的精神立场确立的一种灵魂仪式。对于诗人来说，这样的一种灵魂仪式无疑是一种人文立场与精神品格的彰显，更是一种精神的宣言。也许正是诗人获得了这样的一种“生命的仪式”，诗人才有资格与“灯”重逢。因而，从这个意义上说，“灯”是一种永远与黑暗相对峙的本体与力量。

第二小节，诗人巧妙地借“风，不能替我吹灭一切原罪”将自己的悲伤与无奈袒露无遗。也许是哀叹个体生命的卑微与渺小，也许是隐喻作为存在的黑过于强大与残酷，我们感到了诗人面对残酷剧照的苍凉心绪与无奈。但是，我们已经从诗人荒凉的心境中透视出作为存在的原罪。而这样的透视让我们向“灯”的能指和所指一点点靠近，正伸出手触摸它的内核与光焰。

第三小节诗人又回到了对“灯”的诉述。而诗人的这次倾诉是在借“风不能替我吹灭原罪”之后，是在面对“灯”深知自己的卑微与渺小之后，因而只能是感到：

你将我的忧伤倾倒在地，我成为你摇曳的影子，
成为你透明的水。

读着这样的诗句，诗人内心的苍凉与悲伤无以复加，令人心碎，同时透出诗人对“灯”的崇敬与膜拜更加肃然。

如果说第三小节诗人对“灯”的崇敬与膜拜是在悲伤之中透出的，那么第四小节中诗人从这种情绪层面的触点，直接上升为一种具有理性光芒的宗教的意蕴：

你是我双手合十生出的那缕火焰，
让我身心合一。

这种具有宗教意蕴的诉述，令诗人的认知从情绪状态上升到理性的层面，获得了一种理性的支撑，更让诗人获得了一种澄明而辽远的心空。

解读至此，我们已经大抵知道“灯”所承载的精神元素和所象征的精神图景。其实，诗人当然知道，“灯”所象征的是一种最原初的精神元素，它是温暖、光明、力量、方向、源泉、神性与光芒等精神元素的总体象征。因而，面对现实剧照与这些原初精神元素犹如隔世的失落与悲伤，诗人只能写道：

你是我最陈旧的地址，
当我将自己邮寄给你，

无疑，诗人再次流露出对这个麻木、庸俗、无序、荒谬、卑劣、无耻的俗世的厌倦与反叛——尽管诗人决定在现实承受一切该承受的，不能抽身远去，但诗人也要以邮寄的方式完成一种精神的交融，而他这种孤绝的承受，又令他与“灯”的精神交融获得更加坚实的支撑，更具上升与超越的力量。

我始终认为一首无解的诗歌，一定是一首失败的诗歌，而只有一种解读的诗歌同样是失败的，这正是任何艺术魅力所在的一个重要的秘诀。从这个意义上说，诗人杨林的这首《灯》，在总体象征的意蕴之下一定有着更为丰富的解读。从技术的层面说，几个中心意象相互支撑、相互辉映，共同构建了一个开阔、辽远而丰富的思考与美学的诗性空间。从意蕴上看，我们看到一种在与黑的对峙之中完成的灵魂的仪式，让我们再度思考早已被隐藏的“原罪”，再度感悟生命个体在世俗面前的卑微、渺小与无力，再度领略“灯”所释放出的神性与光芒……

易清华：一个全新的诗歌生命——

中国诗歌自古就有咏物的传统。所谓咏物诗，一言以蔽之，就是托物言志或借物抒情的诗歌。这世间的万事万物，不管渺小，还是巨大；无论卑微，还是高贵，都能在诗歌中成为主角，而且皆能明珠拂尘，重现异彩。君若不信，翻翻《全唐诗》吧，里面像这样的诗歌就有 6021 首。当然，我们耳熟能详的，还是骆宾王的鹅，李贺的马，贺知章的柳，白居易的草，李白的荷，王安石的梅花，于谦的石灰,还有郑板桥的竹子,如此等等。而且,他们的诗句曾在我们的文章、书信、短信和言谈中被大量引用。譬如说,一个少年人要立志,他就得“咬定青山不放松”;一个青年谈恋爱,他必会“相思无因见,怅望凉风前”;一个成年人表情操,他自是“烈火焚烧若等闲”。

所以,不管你写的是雷电声光,蚂蚁大象,还是山石水滴,说一道万,所谓咏物,其实就是写人。

当然,杨林兄的新作《灯》,也是这样一首咏物写人的佳构。

其实,有关灯的咏物诗,也是古来有之,请允许我在这里全文抄录一首:一点分明值万金,开时惟怕冷风侵。主人若也勤挑拨,敢向尊前不尽心。这首《咏灯》,是南唐非著名诗人李□写的,最有意思的是,这人竟然是著名诗人李煜的祖父。一天夜里,九岁的李□为义父徐温掌灯,突然出口成章,借灯这么一个道具,表达了自己渴望得到培养,并厚报知遇之恩的心意。

除去个人天分的高低,从某种意义上说,诗歌应该是时代的产物。也就是说,一个特定的时代,必定有其特定的诗歌语境。尽管灯,有其永恒不变的定义——照明,但有关灯的诗歌语境,其内涵与外延,肯定会裂变,会上升,会有很多未知的领域被突破,并与时俱进。换句话说,时光不会倒退,一个现代人的文化积淀,以及精神、语调与情绪比一个古人要来得复杂和强烈得多,那么,当代诗人杨林是如何踩在这位前辈君王的肩膀上,完成当今时代所赋予他的诗歌使命的?那就让我们来看看他是怎样做的吧。

“与你重逢,是在我交出灵魂之后,/将世界所有的黑,/藏在体内。”一首优秀的诗歌,其实在诗人写它之前，它就已经存在了。对于诗人来说，它也许远在天边，也许近在咫尺，但你只有在一个对的时间和一个对的地点，才能与它邂逅。杨林的这首《灯》，起源于一切结束之后，或者说，那个曾经的世界被他斩草除根之后，才有了新的诞生和创世的意味。在这一瞬间，这一节点，诗人才能成为自己的上帝，或者事物的命名者。

于是，这首诗歌在出发之后，就在自己既定的轨道上运行了。有时快，有时慢，有时飞跃，有时沉潜。它不仅仅只是一种外在的表现，也是诗人情感、想象以及神经冲动的具体反映。诗人洞若观火地记载了自己对这个混乱的、信念动摇、信仰不断发生危机的世界的细致体验。当风在吹灭一盏灯、秩序在被打乱之时，会产生出一系列的碎片：风的碎片、水的碎片、手的碎片（看得见的），生命的碎片以及宗教的碎片（看不见的）。于是，所有的界线都被打破，包括你和我——你是你，我是我；你不是你，我不是我；你占有我，我占有你；你是我，我是你。但就在这是非混淆、混沌一片之后，影子还在摇曳，新的火焰依然还会诞生。所以，这些碎片，以及所有的事物，包括我和你，都在重新整合，再一次集结，乃至形成一个新的诗歌生命，一首新的诗。

当一首诗真正以一种崭新的面目，一览无余地呈现在诗人的笔下时，一个优秀的诗人注定就会诞生。

所以，我对杨林兄充满了无限期待。

黄曙辉：一首具有质感和张力的好诗——

杨林的诗歌，一直具有一种典型的婉曲风格，看似简单，实则复杂，常常是多线发展，向读者呈现多棱镜一样的光芒。这首《灯》就是这样的作品，甫一看去，似乎就是那样一首很简单的诗,可细细一想,并不如此,足以让读者思索再三,不断细品,直到品透之后,方才会击掌叫绝,原来,诗歌可以这样去写!

《灯》有三条线:第一条是明线,写灯的光明与黑暗;第二条线写与人的交往、情感;第三条线写灵魂赋予理想的生命过程。

现在不妨稍作分析。这首诗一共十二行,以句号为划分单元,是五句。第一句,一开始就直入主题,点破作者想要表达的思想。很显然,"灯"这个意象是诗人情感和思想的寄托物,灯象征光明,而且是黑暗里才会有的光明,诗人与"灯"重逢,那毫无疑问是在黑夜里,"黑夜"这样的环境,适合抒情,这可以从诗人的诗句里可以看出,他就是在这样的时候"交出灵魂"的,交出了灵魂,那么,就意味着已经完成了某种倾诉,完成了某种思想和情感的宣泄,这个时候,抒情主人公在主观上已经试图收起"所有的黑",将它们"藏在体内"。这个时候,表面上看,黑暗已经不复存在,剩下的只有光明。可是,正是这样的一句诗,给后面的情感抒发埋下了伏笔。"黑"其实并没有消失,只是诗人将它们藏起来了而已。第二句,诗人因此在经受灵魂的纠结与搏击。"风"是外力,可是外力无法作用于内心和灵魂,那么,诗人必须依靠自己的内功去救赎自己,完成精神的涅槃。第三句,正写灯光,这是诗人在黑夜里面对灯光的时候,与灯光合二为一,灯用灯光将我的影子映出,我的影子这个时候是黑的,也只有黑的影子才可能显示灯光的存在与力量。当诗人望着自己"黑暗的"影子的时候,有没有想到那些藏在体内的"黑"这个时候溢出,同时也溢出了自己的灵魂之"黑"呢?这是不是也成为了诗人"忧伤"的诱因?可是,这些影子的存在，既是诗人的忧伤，更是一种透明的忧伤，当诗人如此问询自己的时候，诗人已经完成了一种灵魂的解脱与救赎。这个时候，诗人已经放下了一切，惊叹自己的精神上升，就像光明在一瞬间照耀灵魂，让灵魂通体透明。于是，诗人写出了第四句这样的诗句："你是我双手合十生出的那缕火焰，/让我身心合一。"至此，诗人非常明确地告诉了自己和读者，"灯"就是我，我就是"灯"，生出了光明。然后，事实上，诗人的抒情并未结束，第五句，我作为"光明"，作为"灯"的衍生体，依旧"在闪烁之中飘忽"，那么，是什么东西让"我""飘忽"呢，显然，还是有很多外在的因素在影响甚至制约着"我"，因为，诗人生活在现实之中，人与人之间的交往，精神层面的追求，以及各种各样的东西，都有可能影响到诗人的思想、情感与行为。这个时候，"灯"复又成为诗人理想的载体和情感寄托物，诗人内心深处的那盏灯，诗人灵魂里面的那盏灯，并没有因为外在的影响而消失，相反，愈加显现出其重要性，成为诗人在尘世的"黑"中永远照亮前程与灵魂不可或缺的精神依存。

《灯》一诗，体现了诗人十分强大的驾驭能力和表达能力。特别是收尾两句，诗人在灵魂畅游于理想的境地，而又担忧无法返回现实的困境里，表现了诗人对现实的忧虑。结尾将全诗锁紧，不露痕迹。这样，如同细细密密织就的一幅锦缎，色彩神秘，质感凸出，意蕴丰盈，张力十足，让人爱不释手。

梦天岚：提着一盏灯回家——

说句心里话，如果可以，我也想提着一盏灯回家。可灯在哪里？家又在哪里？为什么是这个时候提？这些都是问题，又好像都不是问题。从大的方面来看，荷尔德林做到了，尼采做到了，里尔克也因此走到了中途。我辈没有那么大的野心，困惑自然在所难免。既然如此，那就往小里说，就诗论诗也不失为一种行之有效的策略。

灯，作为精神观照的象征物由来已久，它往往与黑暗对立，能消除黑暗，从这一点来看，并没有什么新意。或许正是鉴于此，杨林试图通过借助这种大众化的固有认知来成就自己的真实意图。其实，从这首短诗一开始杨林就充分地意识到了，包括在此之前他内心的困惑，以及由这种困惑所带来的绝望感。他出人意料地把与灯的“重逢”放在一个特定的时间段内——“在我交出灵魂之后，将世界所有的黑，藏在体内”，看得出来，他是有意的，也顺理成章，这里有他面对灯时自发产生的羞愧感。世界所有的黑在这里或许有两层意思，一层是这个世界所具有的，另外一层是指自己在这个世界里所沾染的。不论是哪一种，都显示出杨林内心的坦诚。一方面他必须以自己的坦诚来面对灯的坦诚（明亮），另一方面他又不想亵渎这种坦诚（明亮），因此他要“将这个世界所有的黑，藏在体内”。为什么要藏？是因为他清楚消解的艰难，这种对消解缺乏把握的判断完全建立在他个人对于世俗生活的经验认知之上。与此同时，也为后面更进一步的表述埋下伏笔。

“风，不能替我吹灭一切原罪，不能示人的私欲，/烧毁成灰。/你将我的忧伤倾倒在地，我成为你摇曳的影子，/成为你透明的水。”这里的风与后面的闪烁、飘忽对应，也与灯中的火进行了对比，由此得出一个结论，这个世界的黑首先是来自我们的原罪，其次是本罪。原罪与本罪不同，原罪指的是人与生俱来的罪性和恶根，是洗脱不掉的罪行。而不能示人的私欲在这样一个时间段里再被提出来，实际上是指本罪。是灯之火将它烧毁成灰了吗？不见得，这只是诗人想当然给自己营造的一个假象而已，同时也表达了作者内心的一种希望。他希望如此，希望并不一定就会实现，接下来才会有："你将我的忧伤倾倒在地，我成为你摇曳的影子，/成为你透明的水。/你是我双手合十生出的那缕火焰，/让我身心合一。"尽管忧伤，希望却没有终止。希望的目的是"灯"能让我"成为你摇曳的影子，成为你透明的水"，这里面甚至倾注了作者所有的虔诚，"你是我双手合十生出的那缕火焰"，最终能让我身心合一。

事实果真如此吗？很难说，连作者自己也不能确定。"你是我最陈旧的地址"，陈旧一词的出现在这里显得意味深长，这说明在很久以前这个地址是他所熟悉的，在我看来，那是指真正属于作者的精神家园。"当我将自己邮寄给你，什么时候，/我还能返回尘世。"这样的疑问实际指向的是这一希望的最终归宿——绝望。

提着一盏灯回家，对于陷入当下困境中的人来说其实是奢侈的。如果可以，我也想。但这实在是一个问题。

高世现：光大于词的灵肉演义——

杨林的灯意在重塑诗人高蹈的灵魂形象。这首诗以第二人称的直接对白，深情呼唤躯壳内的一束光出来将诗人沉睡的禀赋叫醒，对抗这世界所有的黑。诗让诗人所置身的"历史性"就是灵魂独立的时刻，他的遗世狂傲就是不惜燃烧自己，哪怕只有一点儿光，也要将这世界的黑与白一刀两断。"黑"是这首诗的关键词之一。在诗人看来,唯我独黑,世界才白,所以他吞咽了世上所有的黑,他知道,只有灵魂才是他的 2 光,是他永远崭新的伤口。在这里,“灯”, 只是来自灵魂或内心外的物象,“黑”则是灯可预见的令人疼痛的图象。诗人爱“灯”,但也将难以压抑的激愤的世界所有的黑也爱了,显现了“光明”与“黑暗”的内在和谐。

荷尔德林问这个世界,在一个黑暗的年代里,诗人有什么用呢?

那么,灯,是否是回答黑暗一种惊世骇俗的“反动”语言呢?但杨林没有像“莽汉们”的惨烈嚎叫,而是适度的还略带温柔的“藏在体内”。这分明是收编了“黑”,并以此孕育灵魂之灯的光焰。再回到句首“与你重逢”,你就理解杨林这个抒情式的诗人在诗行的途中处理个人经验方面的弹性,是多么恰到好处。

“风”是这首诗的另一个关键词。风,可以吹熄灯,可“不能替我吹灭一切原罪,也不能将人的私欲烧毁成灰”。是的,诗可以在悖论中富有诗性地活着,但诗魂必须高度统一独立于世。读到这里,这首诗,实际是一首安魂曲。“灯”正是灵魂的最纯净的面容,它歌唱,是蛰伏于黑暗之中真正意义上的独唱, 黑暗在那时就是宗教,而光是它唯一的信徒,犹如绝唱。那么,这时来的风,是救赎的可能性吗?阿赫玛托娃说,“任凭我们身上还有罪过,一切都是可赎的,可救的。”但诗人似乎这时不需要救赎,一句“我成为你摇曳的影子”将“我”和“我的原罪”放在同一个地平线上, 也仅仅摇曳一下影子就过去了。诗人似乎具有天生的免疫能力,是的,是这样的,那么我就不必逃遁,光在,我就在,影存,原罪就不必刻意洗擦。事实也证明,所有的逃避,对于修为都是无效的。在这个关键词，我与黄曙辉的看法是一致的，他说，"'风'是外力，可是外力无法作用于内心和灵魂，那么，诗人必须依靠自己的内功去救赎自己，完成精神的涅槃。"

> 你是我双手合十生出的那缕火焰，
> 让我身心合一。

这一句是这首诗的经典镜头。"你是"的句式，接着下来的反复吟哦，将全诗推向高潮部分。是啊，双手合十是生出那缕火焰最好的图画，我用一念点燃了灵魂身体之灯，心灵之火，也正是在此意义上，所谓"道成肉身"，身心合一。

> 在闪烁之中飘忽，你是我最陈旧的地址，
> 当我将自己邮寄给你，什么时候，
> 我还能返回尘世。

光的遗址就是"你是我最陈旧的地址"？显然不止，但"返回尘世"的身体也未为得到升华的灵魂所拘囿。纵观整首诗，灵魂＝灯，灯＝你，你＝灵魂，假设灵魂是○，身体是●，一虚一实，黑白分明。而我的身体呢？身体与灵魂，就是我与你，这种种纠缠编织了身体与灵魂的季候，也编织了我与你的情网，这时这个就可以用这个符号来形容：◎。所以，我们也可以看成灯与灵魂展开的是关于灵与肉、罪与欲等两性纠葛的思辨性诠释，我们也可以把这首诗读成一首情诗。如是，就变成你与我的灵肉之倾城绝恋了。杨林被众多评论家誉为"情诗王子"，在这一首的功力，可见一斑。

廖勇智：我读杨林的《灯》——

与你重逢，（说明以前见过，现在是又一次相见，那么是在什么情况下相见呢？这里诗人在为后文的描述做了一个铺垫。我觉得这是一个很重要的铺垫，假如脱离了这个铺垫，或者读者在评论这首诗歌时脱离了这种铺垫。那么就有可能读者在评论这首诗歌时，会偏离诗歌本身所要传达的文本逻辑，甚至还有可能偏离诗人在这里所要表述的真实意义。）是在我交出灵魂之后，（这一句话其实应该没有太多费解的地方，就是在讲诗中的“自己”死了。试想，一个人连灵魂都没了，还能再活着吗？如果有人在这里将“交出灵魂”理解为“出卖灵魂”，然后再行尸走肉般地活着，那么我就只能这么理解，凭你这理解，你这评就永远也别写了。为什么呢？因为写了，丢人。而如果你将这种“交出灵魂”理解为对灯这个象征物及它所代表的“光明”的一种皈依，我觉得你的这种理解会有道理，但仍然还不够准确，因为联系下文中的“烧毁成灰”四个字来看，我们可以判断，这里的真实含义是指诗中的“自己”死了以后，与灯的再一次重逢。）

将世界所有的黑，藏在体内。（躯体死了以后，剩下的就是冰冷，被烧成了灰以后，一般的人来讲，还将被永远地埋藏在地下，这里对应着诗中的“黑”这个词和意象。但当然我们不能简单地这么理解。人死了，长眠于地下，与冰冷和黑暗固然永远地相依并存，但这却是一个有血有肉的诗人写的文字，我觉得，这里面就包含了诗人的一种精神上情怀，诗人以“自己”的死，表达着一种对人世众生的悲悯，和对自我生命存在时的一种反思。光明与黑暗并存，同样的道理，人体内的善恶也同样并存，那么对作为亚里士多德所讲的“在自然界中，人类是最高级的”人类来讲，尤其是作为灵魂与精神的导师，一代又一代杰出而伟大的诗人来讲，该如何来处理人类和诗歌面临的共同母题：光明与黑暗，善与恶呢？当然，我这里这么说，并不是说诗人杨林已成为了我们人类灵魂与精神的导师，但我想，诗人，尤其是优秀的诗人应该无限地向这个标准靠拢。）

风，不能替我吹灭一切原罪，不能示人的私欲，烧毁成灰。（这里就是讲诗中的“自己”已经死了，被烧成了灰，或者化成了灰，一切的曾经存在的荣耀与辉煌，一切的存在的灵魂的痛苦和搏杀通通变成了灰，从这个世界上消失。表面理解是这样的理解，但诗人将“原罪”、“私欲”与“灰”这个词并存，揭示的就是除字面意思之外的一种新的精神上的内涵，尽管一切都去了，却曾经存在过，而且存在的还将继续存在，即使现有存在的将来有一天消失了，但现有的存在还会衍生出新的存在，人类将一直在这个世界上存在下去，并且将有可能永远存在下去。那么这里就逐渐接近了诗人在这里表述的诗歌的真相：对自我的无情解剖和对人类生存的真诚的咏叹。）

你将我的忧伤倾倒在地，我成为你摇曳的影子，成为你透明的水。（这里，从前面诗人预设的铺垫，到诗中的“自己”和活着的人的最后命运的描述，再到这里对自己浓烈而舒缓并且温暖的抒情。这两行与“灯”这个光明与理想的象征物联系在一起来写，让忧伤、影子和纯净的水附着于灯这个象征物，这里就表述出诗人自己对灯的理解以及由此相伴于灯而产生的精神上的意义。“我的忧伤”倾倒在地，说明了诗人内心对人世的一种悲悯，诗中的“自己”死了之后，黑暗的依然在黑暗，光明尽管存在，但依旧有它照耀不到的地方，所以，诗中的自己无论是活着还是死去，都只是身怀美好理想的光明的影子，是附属于光明的纯净的一部分：水。这里将纯净的水与光明联系在一起，显示了诗人内心温暖的一面和洁净的一面，但无论如何，诗人自己不能替代光明，只能成为光明的一部分，只能在适当的时候成为光明的一部分，并选择为自己心中的梦想和光明代言。）

你是我双手合十生出的那缕火焰，让我身心合一。（这两行进一步阐述了诗人自己对灯的理解，那既是一种对生活的广博和无尽的爱，也是诗人在这里对自己生存中的生命的一种道德上的诉求、追问和修炼，并试图让自己与灯和灯联系在一起的光明融为一体，反映了诗人对自己内心上的一种世俗的救赎和对人世生命的一种心灵上的救赎。）

在闪烁之中飘忽，你是我最陈旧的地址，（“地址”一词，便显现出了诗人灵魂的归宿之地，说明诗人的内心一直存在悲悯和爱，并且永恒地不能忘却，那是一个诗人的故乡，是一个优秀诗人精神上的牧歌所在地，是诗人内心不断纠结的永恒的心灵之邦。）

当我将自己邮寄给你，什么时候，我还能返回尘世。（诗人从一开头就做了一个假设上的铺垫，那就是诗中的“自己”死了，交出灵魂以后，还能再回到人世吗？这里已显然不能，因此，这里诗人采取了浪漫主义和魔幻主义的写作手法，那就是期待诗中的自己在死了以后，还能再回来看看他曾经无比眷恋与热爱的尘世。但这种想法在唯物主义者眼里显然是无法做到的，那诗人就只好用魔幻主义的办法，让自己的灵魂再次复归，并且让自己的这种灵魂存在于并寄寓于一代又一代热爱生活与追求光明的人民的心中，想这样来让世界更加美好。很显然，我觉得在这里，诗人是在这里将浪漫主义、魔幻主义与理想主义并存与交织在一起，来表达自己内心对生活以及生活中的人们尤其是被黑暗与苦难所遮蔽的人们的一种心灵上表达。

再一次按照我自己的逻辑，我读完了这首诗。个人觉得，我还是忠实了诗人诗歌在这里所要表达的内在逻辑，我无意夸大也无意去用以溢美之词，这仅仅是我个人对该诗歌以及该诗歌所传达出的内在含义的一种自我理解。至于说到这首诗歌的生命力，它不是由我来完成的，它将会由以后的读者通过一次次地阅读来完成的。当然，也有可能这种读者的阅读链接也可能存在断裂，但那已经不是我这个读者的责任，也不是诗人的责任，而只是诗歌的责任。因为诗歌一经诗人写出来后它就已经不属于诗人自己，它只是诗人曾经的心灵的一面镜子。而镜子却不能代替诗人本人。镜子永远是镜子，它在让诗人能够关照自己和自己内心美貌的同时，也同时埋藏着碎裂的声音，但即使是碎裂的声音，也是诗人曾经的一种镜像反映。但那个时候，诗人也许并不在场，而是在某地为另一个新的东西而产生出新的痛苦和悲悯的情怀，或者那时，诗人在完成了他自己的使命后，已经离开诗歌，甚至在若干年的某一天诗人已离开人世。但不管怎样，诗人或许也会像他诗歌中所讲的那种情怀一样，最后试图以灵魂的方式复归。

云经立：对尘世怀抱的希望——

诗歌是用来倾诉的，有时是直接面对面的倾诉，这种倾诉更直接，更真切，更打动人！就像写信，直接面对

第二人称“你”进行内心的倾泻！

本诗倾诉的对象是直接面对诗人心里隐藏的一个人物。

这个“你”是谁呢？

这个人物，必定存在于诗人的生活中！是诗人心中的精神寄托，是在尘世中遇到困惑，感到迷茫，或无奈时，只有面对这个人倾诉，内心才能释然，才会感到安慰。

作者面对这个人，倾诉之前，有一个背景，那就是：

灵魂不在身上了，身体里藏着世界所有的黑！

这是一种什么思想？世界的所有的黑又是些什么？

可不可以这样理解，是因为这世界太多的黑，把“我”的灵魂逼走了！“我”的体内已无灵魂，只剩下世界所有的黑？而“我”在人生旅途上所见的人间一切的阴暗面，算不算这世界所有的黑？这时，人人都可以把这世间的阴暗面调出来，它们具体指哪些……

接下来，表达与你重逢之后，“我”面对你的感受，或者说，你让“我”产生的感受，共四个方面：

1. “我”的不安：“我”坦诚自己的原罪，以及私欲。但这些风吹不去，烧也烧不掉！这是“我”面对你内心表现出来的一种忏悔或纠结心情。这是作者坦诚的一面，以及表现出来自剖的勇气。然而，一个怎样的人才会让“我”表现出如此不安？

这间接地烘托出“你”的不同凡响，在“我”生命中的重要性。这与“灯”无形之中是暗合的，或者说，诗中的你，就是诗人心中的灯！

2. 你击倒“我”的忧伤：“我”成为你的影子，成为你透明的水。这些是朦胧诗的表达方法。忧伤被击倒，那自然而就没有忧伤，成为你的影子，那是很自然的事了。当然，在你面前“我”也就很透明了。这实质上表达的是你对“我”的透彻了解。

3. 你是“我”的火焰：双手合十，什么意思？这本是僧人拜菩萨的一个动作，可不可以理解为一种祈祷？而诗人祈祷的又是什么呢？原来是一缕火焰，火焰代表着希望，亮光！这缕火焰让“我”身心合一！

4. 你是“我”的陈旧的地址：诗人想把自己邮寄给这个人，想知道什么时候可以返回尘世！陈旧的地址代表什么？生命最初的出生之地，算不算陈旧的地址？这言下之意，是不是生命最初的本色？

看看，这就是“我”与你重逢之后，我在你面前的表现，有不安，有豁然开朗，卸掉心中的重荷，有亮光，有希望！

而这一切，正是你所带来的！从某种程度上说，这个你，产生了“灯”的作用！

从传统意义上说，灯代表着光明，希望！从本意上说，是航灯，是目标！

在本诗中，灯成为检测生命纯度的参照物！

本诗的特点，看得出诗人要坚守诗歌传统中最纯美的意象线路，表达上含蓄，朦胧，它带给人的美，就像今天依然可以看到女人穿着旗袍，凸显出女人端庄、高雅之美！

黄土层：警惕矫枉过正的救赎——

杨林的《灯》的确是一首值得评析的好诗。好就好在它的多义性，深邃性，以及内在的哲理性。读者审美角度不同，其折射的东西将各异。由我看来，首行中的“灵魂”与“灯”等同。一个有灵魂的人就是一个心里有灯塔的人。反之,则是黑暗。

起句“与你重逢”,就有了唤醒记忆的意思。心里藏满黑暗的人未必能意识到自己是黑暗的。此时确实意识到了。救赎因此开始。有了意识,就有了诉求,看到“灯”就想抱进怀里。仿佛要把逃出体外的灵魂再次收了回来。这使得处于困厄或劣势的一个生命个体复苏了体内翻身的激情。

“风,不能替我吹灭一切原罪,不能示人的私欲/烧毁成灰”,风不能,但是灯啊,你能!想象命运是一口缸,里边蓄满了苦厄和黑暗。

“你将我的忧伤倾倒在地,我成为你摇曳的影子,/成为你透明的水。”

这就是灯,将“我”的处境打破了。倾倒出的东西是黑色的,负面的。倾倒行为是排毒行为。“我”真的将要有救了。

“你是我双手合十生出的那缕火焰,/让我身心合一。”

这一句是全诗的关键,也即高潮部分。黑暗中的“我”原是支离破碎的、分裂的、不具有有机体机能的。现在的“身心合一”是天人合一的一种表现形式。因为合一,体内的黑暗终于点燃了。“蒙蔽中的自我”获得了砰然一声的新生之象——火焰。此时,是一个点,恰到好处的点。黑暗差不多被驱散,灵魂复苏了,完成了救赎。但奇怪的是“在闪烁之中飘忽”,那座灯不仅驱散了“我”的黑暗,还用“光”不适当地俘获了“我”的一切。也即过度救赎了。灯驱散黑暗是好的,让灵魂回归是好的。如果把一切，包括自我都被光所焚烧攫获，不啻是别种形式的绑架。

这是需要警惕的。

> 你是我最陈旧的地址，
> 当我将自己邮寄给你，什么时候，
> 我还能返回尘世。

这是诗人担心的事情。也是诗歌意境上递进了的层面。不是谁都能递进上去的。一首诗的成功就在于它的合情合理又出人意料，不是生硬吸引眼球而是自然地引你仰望。

总体看来，杨林这首《灯》采用了简洁的语言，层层勾勒出一个个体从困厄或黑暗中一步步突围的历程。之所以不落俗套是因为落脚点没在突围之后，就收场了，而是机敏地揭示出避免突围之后的另一种陷入。充满了辩证法。从这首新诗近作，可以看出诗人杨林熟稔的语言技巧和深厚的生命之思。他在一首小诗里构建出了广阔的诗意空间和不短的生命幽径，几个“转弯”显明而步步洞开，令人读之快意。写诗是有点风险的，正如我们的生命，每迈出一步都是一步的惊心。只有智者才不会受到伤害和覆灭。既逃避黑暗的围困，又躲过了光焰的灼伤，而诞生出完整而健康的自我。

牧核：浅析杨林小诗《灯》——

析前，请诸君容我说它个几百字题外话。因为这些话我打头不叙，只怕最终还是要倒出来的——好似“我的忧伤倾倒在地”。

我很努力并且不间断地写了十几年诗，也同样很努力并且不间断地读了十几年诗评论，在80后当中，这，大概算长的。我发现：诗歌的评论，是鸡肋。

诗这东西，是语言的极致，你要语言去为它自己的那个最高的境界作状语，到底都出不来什么意思。打个比方，假如《命运》交响曲是曲调的极致，再用曲调去解说它；《蒙娜丽莎》是线条颜料的极致，再用线条颜料去诠释它；《兰亭集序》是汉字横竖撇捺弯拐的极致，再用汉字的横竖撇捺弯拐批评它；大概都不能出来什么。可是诗歌还在不断地写出，那么它的评论，也只会不断地生产。如果没有了诗人，诗评论家怕都要灰飞烟灭的。

我以为，一定要写诗评论，只需这样，"好""不好"，而后加以"一般""非常"。

可是这样又不能让一首诗的所有零件展现在世人的面前。比如人家反问，你说那个女人是美女，到底美在哪里？不能不说些脸蛋儿俏、三围和谐、肌肤白皙、里子面子都干净之类的话。

读这首小诗，我第一个读到的是它的标点。我觉得，诗人自己肯定注意了的。就从标点开讲，能不能顺理成章，暂不管。但我又不说逗号，在这首小诗里，它只是配角，句号才领衔主演。读完第二个句号，我知道，强烈的跳跃性来了。第二是，句号间的诗句，让我感到，高手的一把利剑突然出鞘，一剑刺穿，立马入鞘，从不给颤动几下，动作非常干净。这首诗所使句号的意义，就在此二。

下面我逐一论之，虽不能俱全，但我非把这里边的重要零件拧出来看看不可。

第一行：第一句"与你重逢"，真是让我的思想一下子泛滥了。这个“你”，是你，是自己，是灯，是光明，是希望，是未来，是诗人现今之难事。后一句与第二行、第三行，是第一句的一个时间性质定语。其中“交出灵魂”、“所有的黑”，是写在交出很精贵的东西留出空地，让令人难受的“黑”填补之后，而与前文所述的那些东西重逢——是很苦的。

第二行已在论第一行中体现。

第三行：“体内”，我把它解释成诗人自己的世界。要重点析的是那个“藏”字。“藏”，用得蛮妙。意思是为了与你重逢，我的世界里的“黑”，我主观地不让你晓得，事实上，你也不晓得。“藏”字一出，就更苦了，诗歌立马上升一个台阶。有时我一提杨林老师，朋友即道：爱情诗人。这个“藏”字，诗人或许从自己的情诗作法中去了精的。

第四、五行：我读完这两行，哈哈一笑。一阵欣喜，知道我对前面几行的理解，沾边了。“风”，就是风。扩充之，影响诗人的那些捉摸不定的外力。“原罪”，基督教主要教义之一，指人类原始主亚当和夏娃传下来的罪。基督教认为是他俩违上帝命令，偷吃禁果所犯之。传给后世，成为人类与生俱来的原始罪过，人恶之源也。诗中似乎加以意译，只表达那个大概，那种诗意。再“私欲”加以补充，不多不少，恰到好处。

第六行：这一行我要说“你”的巧用。再次启用“你”，并置句首。启用你我他并置句首，是一种诗歌技巧。这里，“你”恰当地出现了。我觉得，还不出现就很麻烦。比如去掉“你”字，就是“将我的忧伤倾倒在地”，然后和前诗一接，那么不让人入五里雾也难了。这个“你”，蛮大的功劳，承前启后，使诗不脱节。不然，就不是跳跃，而是跳楼了。

第七行：第六行第二句与第七、八行复“你”。这样一来，就出现了四个环，这四个“你”可以说是环环相扣，缺一不可。六、七行其他都易进入，不赘述。

第八行：容易进入，只需注意“生出”。这里头，有情感（从本诗的高度来讲，说情感比感情妥当）的变化。如果用“挤出”或者什么出，大概会不妥。我这种说法，第九行可以证。

第九行：接上一行的情感变化。

第十行：第一句是说，诗人要的，能不能实现，答案是闪烁、漂浮的。

重点提“最”字。“最”字用得好。第一，这里与“原罪”有呼应的。第二，情感再次变化了。既是“最”的，又最陈旧，矛盾挣扎、后果难定之苦即被道出。

最后两行：“寄”，与首行“交出”相应，诸君看到了么？“寄”后面的文字则是续第十行的情感。“尘世”，这个“尘世”，既与“灯”、“你”呼应，又做对比的。

这首诗张弛有度，诗意连贯，诗人内心世界变化跃然于纸。尤其巧妙之字层出，用辞造句更是非常干净。“心境与实境相融合而成意境。侧写则成无我之境，正写则成有我之境。意境中的实境部分即为意象。”特别值得一提，意境中的实境很新颖。比如“火焰”。“真正的诗人必是而又只是文字变成诗的介质。”很多已出名的诗人，其实现在是在吃老本。他们不再为诗歌的发展做贡献了，他们的诗路，也已经走到头了，不会再有更好的作品。然而，我知道，杨林老师虽已名气不小，但绝对不是这样，为了诗歌的发展，一直在摸索，探究，创新。

《灯》就是明证。

朱荣兴：将至纯灵魂化归为同质的灯光——

第一句，诗人交出纯洁白皙的灵魂，而滤下所有的黑，藏在体内，将纯洁白皙的灵魂交付于何人?载体是什么？这是诗性诗意，这里灵肉由一体而达成哲学意义上的分离，欲将世界所有的黑凝住，道出济世之肠，将黑凝于一粒压缩于体内，语言张力不可谓不大，胸襟不可谓不宽，气量不可谓不足，与你重逢，是与宇宙之灯，与心灵之明灯，诗光之灯，理智之灯来重逢，重逢之前是净化灵魂，剔除了重的黑，使轻慢的灵魂化归为同质的灯光。

第二句：不能风吹灭原罪，唯有将私欲烧毁成灰，反衬出诗人冷峻的思维，一切人等皆有原罪，世上没有或极少纯白猫咪，不加掩饰客观地承认不能示人的私欲的存在性，也不论其合理性合法性，在诗人看来这不能示人的私欲，与原罪有关或相近相合，既然任何风向任意风力不能吹去，便只有以自我之力烧毁之，做一个纯粹的人，做一个洁白灵魂的人，做一个虽食人间烟火而脱俗的高尚诗人。

第三句：诗人在探寻形体与灵魂之间的关系及存在的可能和可行性。灵魂的所在，依附于健康完整的生命体，而内外的环境不可选择，而又无可选择，唯有调动精神因素，滤去"一切的黑"，使灵魂纯净和精神崇高。唯有化被动为主动将"忧伤倾倒在地"，"成为你透明的水"，不仅仅是"摇曳的影子"，这么一个基本格局。

最后两句：诗人以诗解读中国传统哲学中的形神关系。诗人认为形神关系中一个是"陈旧的地址"，另一个则"是双手合十生出的那缕火焰"，这样一种关系。"我成为你摇曳的影子，成为你透明的水"，但能够"返回尘世"，自己支配、控制形体系统："将自己邮寄给你"。认为精神第一，诗人力图确立崭新的精神观念和人的观念，确立高尚精神的主体地位，宣示诗人所具有的纯洁精神生命。

杨林之诗显出有一种与现实相分离的意志，是对于现实的弃绝。这种分离是对于现实的不信任以及持怀疑主义态度的发展，延展至灵魂与肉体的隔绝。它欲脱离现实对自身的束缚，决绝于现实的带来原罪和由现实产生的私欲，攒世界一切黑于体内，继之于用意念用全部内力烧毁之。反映出诗人提灯追寻至真，以滤去黑的灵魂映照人生嚣尘，营造出似纯洁的灯火般灵魂。

灯，这一核心意象，在此是藏黑的，烧罪成灰用的，火苗是灵魂之光是“双手合十生出的那缕火焰”，是身心合一后产生的智光。

紫影：解读杨林新作《灯》——

在同一首诗歌里可以让来读的人在同时光的阅读里读出及感受多种意象与隐喻，这不得不佩服诗者的高明与博学。因为在同时的落笔处已经充裕传奇的思绪。

这是关于诗歌肉身与灵魂脱壳之大作，大美的写作中可以感觉出在诗人幸福之余暗藏的惶恐。

就怕那些从身体与灵魂寄出的微粒子或大爱后爱不可以延续，(这是关于生命之音的禅悟)那又怎么可以轮回或再来尘世。

第一句：此处可为双层读阅的感受。一、你可以感觉为诗者自语，二、也可为诗者为来读的人设的伏笔。由你们来说出他想表达及说出的话语。精妙之字为“交”“黑”“藏”。

中国的汉字为什么让人钟爱，只有用身心及灵魂写作的真诗人才会用成文的技巧来有意创意。这也为社会进步与诗歌进步,与时俱进有意的尝试与创新。

第二句：如果一首诗歌可以让高度读阅力的读者及评论家们关注,这本为代表作之一。

其实在我们中国有那么多写情诗写得极致的。但多次读及感受杨林诗人这首“灯”,让我也不得不思考。情诗怎么写？怎么来写?

这句相当于诗人在忏悔,或我们对世界忏悔。更多的,还是让暗藏玄机的汉字及精神情感随人体会。

第三句:其实这首诗歌也可为反串之作。呵呵！不仅生活,情感,爱情,佛性,禅性,心性,随性。更有从广阔及忧郁、思虑上升到精神。

或许一盏灯的飘逸与恍惚，捉摸不透更能够让尘世人怀想。或此诗之灯照自己,又照路人。或此你渡红尘,又渡行舟之人。

最后两句:能够活在尘世多好,可以放情地写作诗歌是那么美好的人生。如果地球没有了吸引力,那坠落深渊是那么的可怕。

原罪,私欲。对于这样敏感及面对的心灵之声,很多人从来没有真正去思想过。诗人可以认识到,就大如先知先觉者。

“觉,来自心。”

爱与爱情永远是诗人们追逐的完美，但唯一不可以逃脱的,或永远逃脱不了的,就是死亡。

爱自己，爱尘世可以遇见与未遇见的人及精灵或生命。我相信诗歌的魅力可以让思想穿越尘世,让灯之光芒照彻世俗。

吴谨：精神与肉体的诗意辩证——

读杨林的《灯》，有话想说却又说不下去。再三解读，仍感精神分裂，像是一源多流的河，无法从一条支流上得到全部的解释。灯是爱人、爱情，还是诗歌、自我精神，似乎都是又似乎都不全是。

姑且认为灯的主体意义是诗人的精神火把，那么全诗就反映了自我精神与肉体的辩证关系。大家看，灯是你，你是我精神的目标、是我灵魂的依附，我要与你重逢，就必须交出灵魂，留下肉体全部的黑。“与你重逢，是在我交出灵魂之后，/ 将世界所有的黑，/ 藏在体内。”

与你重逢所经历的风尘，都不能消灭我肉体的贪婪与龌龊，磨难并不能消除与生俱来的私欲与罪孽。所以，诗人说：“风，不能替我吹灭一切原罪，不能示人的私欲，/ 烧毁成灰。”

对精神的追求，让“我”充满忧伤：“你将我的忧伤倾倒在地，我成为你摇曳的影子，/ 成为你透明的水。”所以，在这种灵的追求与肉的羁绊中，诗人万分痛苦，继而明白，灵与肉终是不可分割的整体。灵魂是肉体开出的花朵，花朵与枝叶活着不可完全分离。“你是我双手合十生出的那缕火焰，/ 让我身心合一。”

所以，精神是肉体的故乡（这一点就唯心论了），我将灵魂交出，归附精神独立的灯，就是我的终极追求。然而，我的肉体却又迷失了。“在闪烁之中飘忽，你是我最陈旧的地址，/ 当我将自己邮寄给你，什么时候，/ 我还能返回尘世。”可见，诗人在对自身两个世界的思考与纠结中，终于做出了若有所失的选择。

本诗作者借助光明的精神之灯，辩证表达了自我精神与物质两个世界的矛盾统一关系，精神是肉体的花朵，不能脱离肉体而独立存在，一旦精神之花像蒲公英一样飞逝，肉体何时才能获得精神的重归？这是诗人无法解决的一个问题！或许，灯可以是文字，当诗人的灵魂交付于文字，百年之后，他的精神之火还可以光照后人！

岸芷汀兰恋歌：读诗人杨林新作《灯》有感——

在众多权威诗评家之后，这是我作为一个普通的读者阅读诗人杨老师的新作《灯》之后的直感。

一千个读者就有一千个哈姆雷特。不懂诗评家从理论与技术上对于诗的结构与格局来解析，也不懂诗评家深度的挖掘，有的只是直感。从生活的淬炼中体验，从灵魂的挣扎中升华。这其中加入个人的体悟因素。我一直以为，好的作品能引起读者的共鸣，这是最直接的感触。我理解这首诗有两条线索或角度来欣赏。一是爱情，一是宗教哲学。

> 与你重逢，是在我交出灵魂之后，
> 将世界所有的黑，
> 藏在体内。

这一段从爱情的角度理解：我们大家都有个共同的体验，初相识，初相遇，一切都是美好的开端，在爱情面前展现的是最美好的一面，为了美好的爱情，我们深藏私欲的阴暗面，甚至为了爱情，我们甘愿净化心灵，有时爱情就像是宗教般的虔诚，是精神的一面。

从宗教哲学的角度理解，“与你重逢”是神性之光照见灵魂，是否人性的习性与原罪就消失了呢？它没有消失，根深蒂固藏在体内。

“风，不能替我吹灭一切原罪，不能示人的私欲，／烧毁成灰。”

承前启后，“风，不能替我吹灭一切原罪，不能示人的私欲，／烧毁成灰”这里能感受诗人的挣扎与纠结。

为了爱情，想做一个美好的人，心灵洁净的人。爱情使人变得美好。

从宗教哲学的角度来看，正因为神性照见灵魂，才凸显体内的“黑”，有光明才有黑暗，阴影，风不能吹灭，但是，有光芒照见，才清醒，才意识到深藏的习气。这是件好事，这是经由人生长途跋涉的体验与醒悟。

“你将我的忧伤倾倒在地，我成为你摇曳的影子，／成为你透明的水。”

醒悟过来，当然不免沮丧与忧伤，就像灯下的影子，一览无遗，无处可逃。这是诗人的勇气与坦诚。

“你是我双手合十生出的那缕火焰，／让我身心合一。”

意识，照见，坦诚，臣服，最后一个阶段是精神的升华，让灵魂与肉体合为一体。

在闪烁之中飘忽，你是我最陈旧的地址，
当我将自己邮寄给你，什么时候，
我还能返回尘世。

最后一段，我只想说一句：我们是凡人而不是神，我们体内有神性，更多的是人性，当神性之光照见的时候，人性的习气显现。此起彼伏，毕竟我们还是要回到尘世的，“你是我最陈旧的地址”毋庸置疑。

不擅长于分析，这首诗给与我最直接的感受与遇见的感动。

皿成千：我想找个理由批评一下《灯》——

“与你重逢，是在我交出灵魂之后，将世界所有的黑，/藏在体内。”（想象一个人交出灵魂后，体内还有什么？这里是大小宇宙的转换，或说，把心掏出来看自己。）

“风，不能替我吹灭一切原罪，不能示人的私欲，/烧毁成灰。”（风可视为外物作用力。在这里强调的是对自我的认知、反省力量。）

“你将我的忧伤倾倒在地，我成为你摇曳的影子，/成为你透明的水。”（当人被外界作用力干预的时候，那种定力可能动摇，产生忧伤在所难免。）

“你是我双手合十生出的那缕火焰，/让我身心合一。”（这时候需要的正是超强的定力和意志力。）

“在闪烁之中飘忽，你是我最陈旧的地址，/当我将自己邮寄给你，什么时候，/我还能返回尘世。”（陈旧，邮寄，一个是过去，一个是现在将过去，再返回，这是一种循环。）

综合起来读，全诗以佛家思想为主旋，展现了诗人对内心的关照。在现实生活里种种发生着的变化，经过诗人细腻的情感处理后，慢慢接受洗礼，返璞归真。

难得的是诗中运用的是一种境象传递，把抽象的空间描绘出一个能见度较高的场景。让读者有读入其境的感觉。

尽管这首诗几近完美，成熟得自由落地。如果把诗分为：好诗——重要之诗——伟大之诗，这个就是好诗，我还是想求不情之请。要写出重要之诗，其实不在于诗人成熟得让诗无懈可击，而在于诗思的重要性，何为诗思的重要性呢？我认为，就是一首诗所思考的内容带有新的认知。这首诗显然做得是不够的！

飞翔的鸟克服了自身的重

程一身

我不想说杨林是当代的李商隐，只是读他的诗总让我想起那个痴迷于情的晚唐诗人。尽管杨林刚出过一本爱情诗选，我觉得这仍然是一部爱情诗，当然有变化：爱的对象有所扩展，书写主体也从“你”转向了“我”。总体上，从对爱的投入转向了对爱的反思，这个转向凸显的问题是：爱如何改变了爱者，个体如何在爱别人与爱自己（孤独）之间获得平衡，以及如何在设计人世与应付未知之间生活下去。

爱情通常被视为一个比婚姻美丽的词，因为人们习惯于把婚姻视为义务，一种难以摆脱的束缚，男女双方都在为它持续付出，却不能从中体验到幸福；而爱情则被看成自由、浪漫、幸福的同义词，似乎相爱的人拥有一股可以持续到永恒的感情暖流。其实这是对爱情的误解。爱情并不完全是积极的，它本身也很复杂。一个相当普遍的经验是，爱不只让人幸福，也使人痛苦，这是爱的两极，它对应着爱者的两难处境。很少有人喜欢孤独，几乎无人不需要爱，这种需要如此强烈，以至于人们常常忽视爱的副作用，即使在被误解被伤害的情况下仍然渴望爱。可以说，这种现代爱情状况在本书中得到了如实地呈现。诗人杨林不仅揭示了爱的两极，而且写出了散布于爱的两极之间的诸多真相。也许现代爱情没有古典爱情那么美丽（女性独立性被剥夺的现实遭到多重过滤的结果），但它们真实，富于启发性。与那种单纯歌唱爱情的作品相比，这里的诗更多地呈现了爱对爱者的塑造力量，以及爱者对爱的应对心理：既渴望爱，又不愿因而爱而丧失自我的独立性。这是爱者的两难困境。尽管如此，诗人仍然站在爱的一边，把爱视为生活中的建设性力量。对一个现代人来说，工作失败并不可怕，事业失败也不可怕，可怕的是爱情失败。爱情或许是现代人可以依赖的最后力量。一旦对爱情绝望，几乎等于对整个人生绝望。

李商隐的动人之处在于他写的是受阻的爱情。如果说阻止李商隐的是“相见时难”的不自由时代，杨林所写的分明是自由时代爱的泛滥，对现代人来说，爱已经变成了某种具有侵袭或掠夺性的力量，致使无数爱者成为爱的奴隶或牺牲品。杨林的清醒之处在于，他意识到现代爱情已经成为一种胁迫爱者的力量，并试图实施自我拯救。所以，宗教词语一再出现在杨林这部诗中，它们不是点缀，而是诗人心灵的需要，为了消除爱的苦恼，重新赢得一个独立的自我，“返回自己”（《执着》），有时也不免在“我捡到了自己”的同时“也失去了你”（《初恋》）。在我的视野里，帕斯捷尔纳克的《出于迷信》也表达了类似主题，对爱的反思与警醒：“你取下我的一生，如同取自壁架，/ 并吹去上面的尘土。”在这里，爱者成了一个被爱（他的爱人，也可以是每一个爱人）任意支配、随意消耗的对象，这就暗中否定了那种只有献出自己才能赢得爱的观念。我认为杨林诗歌的意义就在这里，他的诗不仅集中书写了现代爱情题材，而且写出了对现代爱情的复杂体验。在爱的旋流中，他有意调整自我和爱的关系，并隐约体现出这样一个理想的倾向：追求一种不丧失自我的现代爱情。

在这个时代，杨林深知做一个诗人就意味着或准备着做一个失败者。“身世，文凭，背景，才华 / 以及与命运相关的个性 / 似乎都有一个尺度，早已为我 / 订制了悼词的标准。”（《刻度》）从写作技术来看，杨林是个浪漫型诗人。他的词语全部取自内心，即使诗中写到尘世之物，也已被转化为心象，并因此获得轻逸的品质。用杨林的话说就是“爱，在生命的昼夜飞翔”，值得注意的是，卡尔维诺也把“飞翔”作为轻逸的显著表征。但是，轻有两种，一种轻如羽毛，一种轻如飞鸟。瓦雷里说，“应该像一只鸟儿那样轻，而不是像一根羽毛。”杨林的诗正是如此，因为他的诗是一种克服了存在之重的轻。所谓存在之重就是生活之重。按照卡尔维诺的意见，“追求轻松是对生活沉重感的反应”。“她悬浮 / 在寒冷的摇晃中，似乎看见了爹娘 / 扶着黎明在村头张望。”（《夜归》）这个生活在城市的乡下人折腾到半夜回到出租屋，“悬浮在寒冷”中，这种轻飘的悬浮感固然是醉酒后的状态，更是她城市生活的写照。而此刻远方年迈的爹娘不是拄着拐棍，而是“扶着黎明”牵挂这个颓废者。在这里，轻松的愿望与沉重的现实相互映衬，极具张力感。我不太看重题材本身的轻重差异，问题的关键是如何表现它们。沉重的题材可以写出轻松的风格，轻松的题材也可以产生沉重的效果。所以，一切都取决于诗人的倾向与技术。如前所述，杨林的爱情诗有沉重的一面，但他仍然是爱的肯定者，这就为他轻逸诗风的形成奠定了基础。另一方面，杨林是个有才气的诗人，这为轻逸风格的形成提供了技术保证。杨林才气的核心是灵气，灵气赋予了杨林诗歌一种灵动的气息，而灵动又强化了轻逸风格。轻逸而灵动，既适用于一只只飞鸟，也适用于杨林的一首首诗，它们都有飞翔者的姿态：轻盈自在，飞舞在天空或词语的高处。

光线正好发现脸，镇定
从人群中抽离
一切逝去的，和正赶来的风
看清了呜咽的过程，经过身体
留下冷暖
还有什么比弯曲更值得眷恋
事物因阴影而美好
它真实，也属于自己
正如呈现，只是存在的一种方式
正如春草长于冬天的深
正如说着的话
纷纷枯萎

据杨林说，《隐》这首诗写的是隐忍的态度，它也体现了隐约的风格。隐约风格正是杨林诗歌的特色。从这个方面来说，杨林的诗风也接近李商隐。这样的诗可以有不同的解读。在一次诗歌活动中，易清华从这首诗中读出了爱情。事实上，这也是我的感受。初读这首诗，我似乎看到一个女子在黑夜里被一束光照到，这束光如同他人（而不是爱人）的目光，让她不安，促使她离开人群（同时也离开爱人），但她仍然是镇定的。“一切逝去的”当然也包括她的离去（甚至可以视为分手）。在这里，诗人用逝去的爱反观爱的过程，爱的结局与爱的过程被压缩在一起，那个呜咽的人就是已经离去的她，她的呜咽自然是被爱所伤造成的。这些诗句隐含着曲折的叙述，诗人试图由爱的逝去倒叙出爱逝去的原因。“还有什么比弯曲更值得眷恋，/ 事物因阴影而美好”，这是诗中的警句。“弯曲”既是对爱人身体的抽象，也对应着爱的转变（爱从强到弱，从爱到不爱），可以说，此诗曲折的叙述本身也是对“弯曲”的呼应。而“阴影”则呼应了“呜咽”，在这里，诗人把“呜咽”也视为爱情的组成部分，认为它可以增强爱情的魅力（对未分手的爱者而言）。

??? 杨林的诗善于呈现心灵的细节，而不失其流动性。对他来说，把抽象的心情转换为具体的意象几乎是心灵的自动行为，似乎诗人的艺术功力已经内化为一种本能。而且他写了那么多居然不重复，可以说心灵有多丰富，诗歌就有多丰富。当然，这些诗风格高度一致，语调氛围也极其接近，分行的词语到处起伏着春风轻拂柳丝般的私语或告白，时而闪烁着警句：“爱很沉，被爱很轻。”（《醒来》）这个句子既写出了爱人之难与被人爱之易的事实，也写出了对待这两种爱的不同态度，“沉”与“轻”。爱的魅力似乎只有在人主动去爱时才能充分体现出来，由于“被爱”不是主动行为，因而显得“很轻”。可以说，单凭爱情诗，李商隐就是一个大诗人了，但是除了爱情诗，李商隐还从现实与历史中取材，写了大量的政治诗、咏史诗、咏物诗和应景诗（宇文所安的一个提法）；更重要的是，李商隐不仅抒情诗写的好，讽刺诗也是一流的。相比而言，杨林的诗歌题材还不够丰富，他主要致力于书写内心世界，很少有直接反映现实的作品，尽管也有《宋玉：九章》等取材于历史的诗，其实是诗人与古人的对话。而且杨林的诗歌几乎没有否定意识和批判功能。当然，我无意让杨林离开他熟悉的场域，舍弃他个人的特长，而是提醒他必要时可以适当尝试另一种写作。

在诗歌创作中，杨林致力于张力的营造，提倡诗歌要有效率。上个世纪四十年代，闻一多在《诗与批评》中谈过诗歌的效率问题，他认为好的诗歌应该把价值和效率结合起来。在《浅谈诗歌效率》中，杨林所说的效率其实就是诗歌语言的表现力，“最有效地使用文字语言资源”。由此可见，对杨林来说，张力是手段，效率是目的。杨林并非一个语言至上论者，但他非常注重修辞效果。他修辞是为了表情达意，而不是那种不及物的胡言乱语。在《等一场雪》第1节中，诗人把纷纷扬扬的飞雪比喻成“神的梦呓”，“你跪于眼神的悬崖边”，这是一个令人震动的修辞，诗人写出了对神的虔诚，一个期待点化、渴望归依者的内心虔诚。总体而言，杨林的诗歌语言有李商隐的隐约美丽，却无李商隐的典雅精致。这符合目前新诗尚不能匹敌古诗的整体格局。很显然，要达到古诗的高度，还需要当代诗人长期不懈的努力。

2003年4月10日

焊接事物之间弥漫的诗意

草　树

杨林第二次发来了他近期的诗歌，计划出版一个选本。此时，我正面对着长沙早晨的雾和雾中渐渐掀动的喧声：像一块篷布，仿佛有什么人在空中大力地摇晃它。或者像一个人站在一个山口摇动着大旗。我想，诗人就是站在那个高高的山口面对山下芸芸众生摇动旗帜的人，当然不是篷布的制造者。这旗帜何其沉重，我仿佛能够听见诗人的喘息声。

坦率地说，我第一次读杨林的这些诗歌，感觉一时无法开口。一团雾，我很难分辨里面的楼宇和树木、山峰和河流。作为一个专业的读者，我觉得在感受诗意的同时，应该对诗人的写作在当代诗歌的场域中所处的位置，有一个相对清醒的认识。我的失语并非因为诗歌的混沌，而是在一种其面目不是十分清晰的情况下向后撤退的惰性使然。我坐下来了。早晨的雾，正在散去，阳光照亮了荷园东侧的楼顶。

杨林是一个少数民族诗人，近年以罕见的高产接连出版了《侗族大歌》、《春夏秋冬》和《杨林爱情诗选》。侗族是一个具有自己独特文化的民族，其至今保留的许多民俗本身就有着十分动人的诗意。侗族大歌，一种多声部无伴奏的演唱，犹如天籁。我曾经去过贵州黎平的一个侗寨，那里的妇孺老少都会唱歌，尤其是到了夜晚，当我在炉边添柴，炉火的噼啪声和少女娓娓的歌声水乳交融，那真是一种如临涧溪的感觉，至今意犹未尽。杨林的《侗族大歌》显然是向他的本民族历史记忆的一次返溯和打捞，是希冀从那些古朴的民俗和生活中挖掘出意义的一次努力。他写侗族人的唱和，力图深入情境并对唱和的情景赋予意义。“爱在眼眸发酵，在喉头聚焦 / 孤苦是岩鹰飞过窗前”，作为抒情主体，他的姿态不是旁观的，而是积极参与其中，在他看来，侗族男女唱和之时表达的是一种爱，在眼眸是发酵的，在喉头是聚焦的；他甚至以为“嗓子嘶哑”，是“一段岁月的归尘”。整部《侗族大歌》更多是意义的重新赋予，很少生活现场的描述和感觉的还原，是一部抒情色彩极其浓郁的诗，是侧重抒情和隐喻的，带有浓厚的歌唱色彩。“歌唱吧，相爱吧 / 高山是百鸟和鸣，树的腰肢 / 流水是秀发披肩，山风的颜色 / 哪里有爱，哪里就是落脚的山寨”（《唱和》）。在这部诗集中，抒情主体的声音处在高音区，是以局部的隐喻而不是整体性的隐喻力量去达成诗歌的表现力，充满了诗人对事物的重新诠释和理解，表现出一种知识性写作的特征。在这里，语言只是一个工具，存在也不是“已经如此”而是“应该如此”。诗人，是这个语言辖区的帝王。因而《侗族大歌》是在新诗诞生以来经历的浪漫主义、现实主义和象征主义写作的一个余音，是更接近《大堰河，

我的母亲》的那种象征主义和现实主义结合的写作。

《春夏秋冬》诞生于新乡土诗派重整旗号、大量进行同题写作和诗歌接龙的大背景下，也可以说正是集体的诗歌接龙催生了作为新乡土诗派重要成员杨林的个人诗歌接龙，这部以中国农历二十四节气、七十二季候展开独特构思与抒情的96首、近1000行接龙长诗，受到诸多著名的评论家与诗人高度评价。所谓接龙实际上类似于中国古诗的顶真，每一首诗的结句作为下一首诗的起句，如此循环往复。这种形式的限制显然会考量一个诗人的才情，《春夏秋冬》充分显示了杨林的才情，诗中大量出现的灵光闪烁，可以为证。“虚荣得如此彻底/因为爱，坚韧地活着/麦子一样，抽穗为芒”(《小满》)，季候被重新命名，季候里的一切事物被诗人赋予情感和内涵。又如《春分》：“再一次打量自己/一次闪电，撕开岑寂的天空/世界一分为二/一半是黑一半是白/一半是海水一半是火焰/我在两条线的行进中/追求完美的共生”。不难看出，诗人有着对汉语天赋的直觉，总是能从一个触点出发，像电焊一样点燃一道弧，焊接事物之间弥漫的诗意。但是纵观整部长诗，虽然形式上有一个相对严谨的结构，但是它的内核更多在于意义的生发而非存在的呈现，不像柏桦的《水仙绘侣》以一种叙述或者描述的方式呈现节气这个词语名下的风俗，更像中国古代回文诗那样的语言游戏。诚然，诗歌就是一种语言游戏，但是在语言构建一种语言里的现实时，诗人更多应该听从语言的驱动而不是相反。回文诗是一个谜面，谜底必须仰仗知识去揭晓，同样，《春夏秋冬》也充满了谜面，且是极端个人化的谜面，有些可以凭借观念、知识或集体无意识的共同经验去完成对谜底的揭晓，有些则不能，被一种个人主义的神秘封闭。作为抒情主体，它的声部仍处在高音区，是潜意识的。作为“我们”的“我”的抒情，虽然没有北岛“我不相信”那么高的音阶，但是它的气息仍是朦胧诗绵延不息的余波。

《杨林爱情诗选》出版于 2013 年 1 月，主要收录了他 2012 年写作的大部分作品。如此大的产量，对于一个公务缠身的人来说，不能说不令人惊讶。量产，总是会导致良莠不齐，而由于时间的限制，又使这些诗歌大多诞生于时间的缝隙：某个会议的间隙或午夜灯火渐次稀落之时。由此不难想象，杨林是一个视诗歌为生命的诗人。他说，“昨晚回去，三点了，睡不着，但写几首诗，就睡得沉沉的。”我暗自会心笑了。对杨林来说，诗歌简直有着做爱一般的力量。我注意到，这本集子有两个重大的变化，一是诗歌的声调降下来了，二是写作的向度突破了新乡土诗的范畴，从乡村和自然转身，面对当下。我也注意到手头的这些诗稿里，部分就是选自《杨林爱情诗选》，这些诗篇基本上是在同一个音调上，不再是那个凌空蹈虚、要赋予一切事物以意义并力图要与公共价值标准的人格面具统一的“我”的高音。音调或者说语调，是诗歌作品的一种基本态度，它关乎结构，关乎对语言的认识，甚至关乎诗人作为一个个体能否从集体出离而独立存在并显现存在。诗歌是对世界的重新命名，是对事物已有之名的去蔽。在这个去蔽的过程中，诗显现。诗是语言的“在场”、澄明。中国过去 70 年的新诗从来没有降低音调，有郭沫若的《凤凰涅槃》在先，有北岛的《我不相信》在后。这种诗歌精神的实质是鲁迅式的呐喊，是代表时代发言而不是个人，带有某种强烈的英雄主义色彩，而诗人作为一个普通人在日常生活中的存在、个人的面目被大量的“意义”遮蔽了。诗人作为抒情主体，是语言辖区的统治者、帝王，没有什么能管辖他的舌头。浪漫主义的浮夸和漫无边际的想象实际上是一种没有约束的暴力，是对语言的控制欲的极端膨胀和随性支配。写作的态度也是指令性和当局式的。语言只是载体、工具。1989 年以后，随着集体抒情和英雄神话的终结，中国进入碎片化时代，后现代主义的大量哲学经典蜂拥而至，直接导致了九十年代的诗歌革命。不论反传统还是反崇高，垃圾派还是下半身，各种姿态性的或形式主义的革命，最终让诗人回到了“个人”，回到了当下普通平淡的日常生活的在场者的位置。诗歌开始以一种冷静、客观、心平气和、局外人式的语调言说，诗人作为一个活生生的人出现在语言里而不再是上帝、巫师和人格典范的角色。语言，也上升到本体的高度，不再作为工具被驱使。语言就是存在，就是世界。诗人们不管有多少分歧至少达成了这样的共识。在语言的辖区里，语言的舌头自觉接受语法的管辖，诗人也从意识形态那里获得了相对的豁免权从而有了面对自身、个体和生命真相的可能。从这个意义上说，杨林的爱情诗选和近期的诗选在语调上的变化，是一个可喜的变化，意味着他逐渐摆脱了传统诗歌写作的惯性，从那个封闭的、垂直的、单向度的、判断式的结构中走出来了。

杨林近期的诗歌延续了“爱情诗选”的语调，有着强烈的抒情性，但是抒情因为语调的变化而有了自觉的节制。他的很多诗歌可能仍然会被读者“误读”为爱情诗，但在我看来，这些诗歌只是以爱之名，展开对生命的存在的关注和思考。从根本上说，杨林是一个理想主义者，希冀寄予爱情以“普遍的生命价值和意义”，同时他也是一个骨子里的自由主义者，又因着自由为世俗所缚，从而使诗歌发出的声音带上了某种忧伤的色调。

我从狂欢里进入，从孤单里
退出，眼睛不能辨认流水的色彩
你说过：福无双至，祸不单行
就在等待中，沉浮
理解也是妥协，是将完美责难于我
在零点分开，相聚是奢侈
是天空自由的梦，被紧紧卡住喉咙
只剩一丝呼吸的力气
试图揣摩死去活来的迷离
如何拯救

——《溺水》

溺水是诗人对个人精神处境的一次精确自况。作为一个人，当他的自由国土僭越世俗道德伦理的边界，就会带来“对峙”、“绝望”和为漩涡所遮蔽。因这边界的管辖和人性的痛楚，才会有对“溺水”的痛彻感受和丰富体察。“如何拯救”，仿佛一个溺水者的微弱的呼喊。从这一点上看，杨林身在世俗律令的辖区，作为一个“看守者”或者“评判者”的角色，内心里却有深入骨髓的自由主义精神。也许在那个溺水时刻的黑压压的人头里，不是别人，正是他才是那个渴望逃亡的人。因为他深感“极端地爱，被恨包围”的现实困境。

回头太难
背叛，终究是相反的路，越走越远

每一声罪孽的叹息，忏悔
无法还原曾经

这种看似抽象的言说其实有着精确的人生对应。这是悖论，也是困境。最后只能坠落到虚无中，才能享受到“自由”——

我就在所有的质疑中，往后退缩
一直退到心崖
来到深不见底的低处
我享受，那虚幻的想象
痛到无力，就滑向我亲手缝制的
虚无

——《坠落》

杨林的这些诗歌呈现一种倾诉的语调，诗中大量出现的“你”仿佛一个神出鬼没的小情人，但是实际上这个“你”是抽象的，甚至是泛神论的：是“虚空”（我爱你博大无边的天色，从未逝去／应有的光泽），是“迷途”（你以日月为诱饵，将自己放逐），是“净土”（你，不再是万念和尘境），是“善根”（而你，在藻类和浪涛之中／隐藏。在我就要顺流而下的时候／起身，拦截／呈现人形，和因果／让我凸显善良，软弱）。这个“你”有点类似于泰戈尔的《吉檀迦利》中的那个“你”，但是由于诗人的生活的投影和情感的注入，又显出一种亲切的人生体验，虽然不乏神秘，也不难产生共鸣。从这些诗中，“你”还有着各种“身份”，比如纸杯啊，芦苇啊，蚕啊，最终在“漩涡”里，达成观念和肉身的高度统一。

像飞蛾入眼，灵与肉媾和
泪翅离开飞翔
眉目是永久的居所，暗含的宇宙
时间的霉点比心还小
一粒尘埃落入雨滴
浮沉，起落
当地狱被是非的魔棒搅动
你就是我祈祷的天堂
漩，涡
你我互换，今夕与何年
——《漩涡》

此诗之所以格外显眼不单是因为它的隐喻的精确和内在的平衡，最主要的是它遵循了语言的法则而放弃了诗人对语言肆意的“给予”。眉目和宇宙，时间和霉点，尘埃和雨滴，地狱和天堂，其宏大和细节，轻和重，想象和现实的结合，使诗臻于一种深邃、开阔、多维和肃穆之境，堪称完美。

如果说杨林作为一个具有浪漫主义气质的诗人有着某种马尔克斯的“雷梅苔丝”腾空三米飞翔的姿态（相对于《侗族大歌》和《春夏秋冬》，他不再像云雀一样飞翔了），那么当他落地，就有一种质地格外清澈的声音传递出来。《告别》是难得的落地之作，只将一次朋友聚会和聚会后的所见所感娓娓道来，不再赋予词语更多的意义。

我们喝酒，骂娘
谈论人生虚无的高度

以及女人闪电的性感
享受时间的狂欢
然后，在沉默里啜饮沉默

简洁明白，直抵人心，不矫饰，不拐弯，面对人生无常的坦然，狂欢之后沉默的隐忍和坚韧，尽在言外。尤其是“我注意到你忘了紧扣拉链”的专属杨林式的关怀，不再是以“意义”而是以“感觉”的形式进入语言，几乎在无意间完成了对他的自身过往写作的颠覆。

类似这样的好诗还有《干花》、《刻度》、《路灯》、《走神》、《沉默》、《电梯》、《自由》、《爱无极》和《清明》。这个清单还可以开列下去。值得一提的是，《干花》和《自由》在一种西方式思辨的繁复里却潜藏着某种典型的东方智慧，无论“你是我渡过残缺的现实／唯一捷径”的瞬间的顿悟，还是“我知道，你的自由／是一个可以说话的石头”悖论式的命名，都显示了杨林作为一个诗人的才华。

这本诗选的总体风格，是侧重于抒情的诗歌而不是侧重于感觉的诗歌，也就是说，语言显示的意义和情感，要大于感觉。诗人作为一个当下的、日常的、个体的人的感觉和生活细节，被隐去了，而语言所显现的，是一种高度抽象之后的具象和还原。想象力带有某种先验的色彩，它诚然是一个诗人的天赋部分，却不乏神秘和不羁，而情感由于受到观念和经验的影响，相比于感觉，无疑是一种知识。一种由观念更新所达成的“深刻”比起个人心灵历史积淀经由生命本身呈现出来的深刻，是有着本质区别的。杨林的诗歌是重于所指的，所指的外延无限扩张导致能指被所指遮蔽，就成为无指了。我想这就是杨林诗歌一方面空灵一方面又晦涩的原因。重感觉的、重声音的诗歌是"直接就是"的诗歌，而杨林的诗歌是象征的、隐喻的。不可否认，诗歌和世界的关系就是隐喻的，但是如果诗人着眼于局部的具体和整体的隐喻，语言会甩掉意义的包袱而抵达存在的腹地。诚然这些和一个诗人的诗学观念有关。从《我相信》一诗可见，杨林的信念是建立在高处，在未来，"世界是我生长的高度 / 我拥有我 / 我相信"，我以为这仍是一种传统的诗歌美学，升华式的，想象式的。"未来主义其实是没有最后的。未来就是最后，一个永远在前进的最后"，而现代诗歌的方向应该是非历史性的、向后的，"最古老的后面，就是大地。"诗歌，就是要为天地立心，为世界守成。这些仅供杨林参考。

2013 年 4 月 12 日

显与隐的裂变

宫白云

《有缝对接》是诗人杨林即将出版的又一本诗集。《新诗经》主编"微诗体"发起人诗人高世现曾在一篇评论文章里说:"在2012年，杨林这个生长于怀化芷江的侗族汉子,如一匹黑马,驰骋在诗歌之中原,他的身姿,浪漫而矫健,他像个诗侠一口气甩出了《春夏秋冬》《侗族大歌》《杨林爱情诗选》三部诗集,已然成为湖南乃至中国一个醒目的诗人符号,获取应有的坐标刻度!"

无疑,杨林的建树与诗歌的高度是有目共睹的,从《春夏秋冬》《侗族大歌》《杨林爱情诗选》再到这本《杨林诗选》,杨林一直在探求一条适合的诗歌之路,他在感性与理性,现实与灵魂,确定与不确定之间游弋,在"所感又无所感"中翻转,尽管曲折,但所见已越来越清晰,已形成他诗歌独特的内质——既显又隐,从构思上,两条线行走,让人无法明确究竟哪一条在走,但无论是哪一条在走,另一条一直跟着。也正是这样使他的诗歌呈现出明暗交织的徽光，而这种诗歌风格是当前诗坛少见的，也形成了杨林诗歌独特的美学特点。我们欣喜地看到他在往“显”与“隐”度的把握上急速行走，仿佛火焰与灰烬以裂变的方式体验诗歌极致之境。

杨林诗歌中显与隐相通的内在机制决定他的诗歌随时可以相互交融与互为转换。而对内心意境的追求，让他的诗始终散发着一种生命的讯息，更潜蕴着得与不可得的境界。而这些内质的形成，少不了诗人深厚文化底蕴的支撑和诗人血液里的呼唤及生命的观照与超越。这样的诗歌所显现的别致与新颖，深刻与柔情，热爱与挣扎、荒凉与燃烧、拒绝与前行，对于我们阅读者来说，是一种感染和体悟，也是一种欣赏和共鸣，特别是于诗中的一种自我辨认和自身在场，是“进入文字的感情”(山姆斯?希内)，使诗歌与自我成为彼此的照耀。

意象的异质感和陌生性

从这本《有缝对接》来看，无论就意境或语言创新、具象与抽象的转换方面，诗人都已向前迈进了一大步。物我合一的加深，灵魂“在场”与情感的与日俱浓，理性与感性的双重袭击都“从有形到无形间 / 暗自裂变”(《微风起》)。在诗歌中诗人往往借着意象自身的特征，抒发内心的欲求与错杂复杂的情感及情趣或想象，不仅有形而上的“智”，形而中的“情”，也有形而下的“欲”。可谓曲妙深微，绵密浓烈，含蓄神秘。如他的一首《果冻》“……褪去胞衣 / 完全透明，起伏，融化 / 我含着你，扭动湿润的舌，进入滑翔 / 进入窒息的念 / 沿着喉管狭窄的通道，这散发腐朽气息的美 / 这圆滑的核被重新塑造”(《果冻》);这样的“果冻”是有形与无形、具象与抽象的转换，它生成的奇异效果充满了异质感与陌生性,尤其是“含”、“扭动”、“进入”这样富含动作性的词语的使用更加拓展了诗句的张力,而“腐朽”与“美”、“圆滑的核”与“塑造”的恰好结合又极好地深化了这首诗“果冻”意象的深意。

诗人另外几首诗也有这样的异质感和陌生性之妙。如《发丝》《干花》《白云》《屏风》《异地》等,这些诗首先诗人在诗题上就给出意象,而这些诗中通篇都没有题目中的字眼出现，但我们仍然对诗人的诗意心领神会。比如“发丝”强调的是那种被撩拨的“痒”,“心被打开痒,就无法停止摇晃 / 抛向高处又跌落现实 / 我用我的虚妄,试探你的空洞 / 接受尖锐的人间,审判”(《发丝》)。

“干花”不仅富有“过程”,也透出了对美到最后就是永远的理解,“我只想保留这绝世的镜像 / 抵消生死的阵痛,以及越来越浑浊的空气”(《干花》)。

“白云”侧重于挖掘深藏的情愫,从外到内直至灵魂,反复涌动、纠缠,“因洗去黑成为雨水成为沉重 / 成为倒置的海，更加波澜汹涌的边际 / 信念在动荡中颠覆,又在颠覆中 / 寻找新的入口,灵魂 / 无处逃生,始终被宿命纠缠 / 却始终坚持着独白”(《白云》)。特别结尾“始终坚持着独白”的语境建立起境界,读后给人留下挥之不去的异质感。

“屏风”重点在于一种哲学与宗教的意味带来的陌生性,“曲折,回旋,入口也是出口 / 也是空荡地直立,与风融为一体 / 你割裂了世界 / 你成为这距离间忧郁的十字”(《屏风》)，其实本源并无阻隔,“入口也是出口”,“屏风”只是自己为自己设置的“十字架”。

“异地”是一种不期而遇，意外的跳跃将镜头由远拉近，近到“我可以在接近悬崖的临界点 / 让风吹散 / 从沉重里退出，重新在一株草尖上 / 挽留将来 / 把故地放回心跳的初衷”，由题目的“异地”到诗歌结尾的“故地”，其实诗人一直探寻的是生命重现活力的种种可能。

杨林也正是以这样的诗，实践着他诗歌显与隐的特质。

灵魂的介入与生命的沉潜

《有缝对接》的另一诗歌表现是灵魂的介入，即主体与客体的转换。诗人写个体的在场其实也是写灵魂的在场，这样的显与隐是生命的一种观照与沉潜，它深化了杨林诗歌的深度和诗性特质，也更让他的诗具有了质地和意味。美国著名汉学家和诗歌理论家欧内斯特?费诺罗萨说“诗的思维靠的是暗示，靠将最多限度的意义放进一个短语，这个短语从内部受孕，充电，发光”。从某种意义上说杨林诗歌的思维正在走向这个路径，他已经开始抛弃惯常，让语言“从内部受孕”，因而打造的心灵细节更加的出色。让我们看：

“我眼里的背影 / 总以为是你，荒芜得 / 像生活的原形 // 黑夜燃烧后的清晨 / 我即将经过的那人是谁 / 曾经心碎的河流，是否 / 再次流过，我打满补丁的身体”（《醒来》）。这是自我与灵魂的融通，诗人借助“背影”铺张灵魂，有“荒芜”，有“心碎”，“打满补丁”的暗示横生出来的是千疮百孔的伤痛。

“雪，白得只剩下我 / 一直漂泊到天涯海角，也仅仅是/一个轮回里的一瞥”(《独照》)。这样的“独照”显现的凄清有种孤绝的意味,它是孤独灵魂的自我映照。

“我不断在零点时分，找到借口/清除过去/让负疚减缓沉重//我用光阴兑换承诺/交出沿途，浮华/等时间消失殆尽/我可以把尘世关在体外/将恩怨归零”(《归零》)。这样的“归零”所显示的挣扎、忧伤、孤独是诗人敏感不动声色的内在心灵，被语言缩小成光,透发出一种力量。

另外,杨林的诗并非只是灵魂的介入,还散发着生命沉潜的况味。如他的《等一场雪》,整首诗写了6节,每一节都可独立成章,但又是一个大的整体,节与节之间相互粘连、呼应,显现出诗人建构的匠心独运和超强的对结构和语言的掌控能力,充分显示了诗人对事物深刻的洞察力与感受力。

先看第一节:“天籁不止,那是神的梦呓/模糊了时间的界限/这混沌的时刻/你跪于眼神的悬崖边/等待点化/不惑,纯粹,以及宁静的归依”,这一节散发出的含混性张力对于我们的思维是一种深深的“折磨”,而正是这种“折磨”才愈加彰显一个眼神即是悬崖的“无形”魅力。

第二节:“借助一阵风,一条河流,一次闪电/你躲在内心哭泣,放荡和呐喊/雷鸣撬开的门,在你进去后/瞬间关闭/世界已被放逐,而你还在其中/你来不及洗涤原罪,从尘埃里抽身/接近上苍的点拨/等待原谅/那个经过的人,身怀素装”;这一节是灵魂过程的高度浓缩,“风”、“河流”、“闪电”是自然存在,诗人借助于“存在”呈现出自身,使头脑中的“哭泣,放荡和呐喊”成为正在诗的主角发生的场景。特别“世界已被放逐,而你还在其中”具有“深渊”般的味道和可以流传的名句潜质。

第三节：“靠颤栗取火，承受严寒的劫 / 你心怀虔诚和静默 / 浸泡剩余的苦，让自己更加空旷 / 载满荒草，等更深的冬 / 将你完全覆盖 / 将萤飞留给下一季 / 那最后的花，那最璀璨的欢颜”；这一节首句的“靠颤栗取火，承受严寒的劫”让人瞬间感到身体的火焰原来可以纠正心灵的寒冷，而接下来诗人不动声色地铺陈了一种荒凉的味道，并让这种荒凉被一种巨大的“虔诚和静默”牵引，且用“苦”来“浸泡”，而“那最璀璨的欢颜”诗人把它始终安排在“下一季”，这种燃烧与荒凉的交融其效果令人叫绝，让人相信唯有等待才是至高的吸引。

第四节：“在每一声祷告中，你甚至可以 / 粉碎。在死亡里回来 / 从身体里取出阴影，投入一场浩瀚的燃烧 / 用白替代黑，用轮回替代赎罪 / 完整地献给时间，以及自然 / 在黄昏和黎明之间 / 通透，明亮 / 等头颅开花，或者在流星里枯萎 / 你不仅仅是彷徨和忏悔”。这不是诗人的主观陈述，而是生命个体的潜意识出来活动，生命在这个时刻已经历了生死过程，它已经“通透，明亮”，而成为期待和确信。

第五节：“一切行走的漏洞，来源于欲望的终点 / 与抵达的缓慢 / 美好的事物只绽放一次 / 以风的形式洞穿胸腔，让你迷惑 / 你自己美丽 / 取代倒塌，也是你最彻底的 / 等待。与苍茫融为一体 / 你可以取缔苍茫 / 与纯净合二为一，你成为天空 / 盛开的，最完整的一部分”。这一节的语言带有神喻的味道，“你”的精神指向无疑还是个体的生命，这样的生命来于有限却属于无限，“与苍茫融为一体 / 你可以取缔苍茫 / 与纯净合二为一，你成为天空 / 盛开的，最完整的一部分”，让生命最后属于辽阔或许才是生命存在的真正意义。

第六节:“你端坐于颠巅之上,避开虚妄的芒/让自己沉静/似乎听到遥远在接近心跳/接近生命存在的意义/那些艳丽,荡漾,和烟云/也仅仅是等待的过程/你的名字注定是一场空白/等待另一场更大的空白/填补,充实/等待,你一直供奉的神醒来/然后将你唤醒”,这一节的启示更接近于生命本源,有一种被“唤醒”而顿悟的意境,奇特浑朴的独特语境让“等待的过程”获得了神秘的活力。

《等一场雪》其实写的是一种生命沉潜的过程,这种过程被诗人用一种独特的语境传递出来,充满了生命体验的深度与厚度以及对生与死、有限与无限的思索。它是瞬间的“投入”,也是持久的燃烧。

诗是心灵的出口,也是藉之于心的触发和体悟,诗人藉此得到栖息与慰藉,释放与解脱。

语言的弹性与空灵驾驭

法国当代著名诗人勒内?夏尔说过这样一句话:“诗人不能长久地在语言的恒温层中逗留。他要想继续走自己的路,就应该在痛切的泪水中盘作一团”。夏尔的这段话道出了诗歌写作的实质。而诗人杨林正在这个核中,这种“在痛切的泪水中盘作一团”的抖颤正是语言的弹性释放出的力量。这在《杨林诗选》中也表现的十分强烈,诗人让语言显性的负载义与隐性的负载义相结合,言在此而意在彼,表意上张弛有度、游刃有余,留出留白与回旋的空间与余地。正如闻一多所说“诗这东西的长处就在它有无限度的弹性，变得出无穷的花样，装得进无限的内容。”而这些也是杨林诗歌的长处，表现之诗境，始终贯以玄思与空灵的气息，特别是从诗题是就已露出端倪，如：

“风从悲伤处来／在骨头缝隙里留下微凉”（《凉风吹》）。

“自由／仅仅是昙花一现／以尘粒的形式飘零，在可以到达的暗处／发光”（《微风起》）。

“第一片雪落在哪里／并不重要／重要的是，第二天醒来／我可以重新决定去哪里”（《深，深，深》）。

“我不能喊出想要的秋天，那就让美独自凄清／绝地，不回头／所有的苦，是私欲供养的神龛／等待回应//雪花在呼吸的波浪里来了”（《梦境》）。

“森林的迷宫，只是伸手的距离／却耗费了一生的犹疑／门随时为你开着，光苞在睫毛上绽放／当孤独与孤独相认／爱意尽是云絮”（《越界》）。

“让我们紧握彼此，和最后的时光／等飓风一遍遍淹过欢颜／我在你的注视里，一点点脱落成灰／却仍然保持着最初的，落日的微笑”（《末日》）。

这些诗句显见诗人对诗歌语言的空灵驾驭以及生命悟境的成熟，语言的弹性散发出的冷肃深沉，有种彻骨铭心的滋味。这在他的一首《隐》尤为突出：

光线正好发现脸，镇定
从人群中抽离
一切逝去的，和正赶来的风
看清了呜咽的过程，经过身体
留下冷暖

还有什么比弯曲更值得眷恋
事物因阴影而美好
它真实,也属于自己
正如呈现,只是存在的一种方式
正如春草长于冬天的深
正如说着的话
纷纷枯萎

——《隐》

起首通过“光线”的意境使自我自然地融入,“抽离”恰是精神的瞬间,“逝去”与“赶来”,代表着内心世界的碰撞,失去与拥有同时到来,是悖论的体现,也是各个心灵方位的交错与汇合。这个过程用“呜咽”来显示,用“冷暖”来磨砺,愈加的凝重深沉,出人意表,有一种置身其中的痛感。“还有什么比弯曲更值得眷恋/事物因阴影而美好”是全诗的高潮,也是意义所在。“弯曲”是一种姿态,“阴影”是一种存在,它们与“眷恋”、“美好”的契合,也许并无道理,但诗人与我们却对此全然赞同,因为“它真实,也属于自己”,触着的是各自的姿态,或者说印证了各自内心的幽暗。而接下来连续三个“正如……”是对这两句的进一步的深入与延展,也是从有形移向无形,特别是“正如说着的话/纷纷枯萎”是预示着结果的别无选择,为世所累,却始终无法弃舍,透出的苍凉潜藏着某种神性的况味。这首诗的致胜之处还在于语言的弹性伸展出的张力及内部的语感带来的音乐性,使这首诗“隐”水一样涌动,更让一种无形的“痛”贯穿始终。

杨林还有一首《背面》也有这样的特质:“只予光鲜示人,而另一面/深陷荒凉/掩藏于表情之下的,才是

我 / 按捺不住的苍劲 / 在一棵树上找到骨头的张望 / 和看不见的抽泣 / 光芒，由外而内穿刺 / 流淌黑 / 夜深人静，我可以真实一次 / 从伤口中起立，被草木唤醒良知 / 不与月光说茫然 / 只告诉自己，爱还有痛感 / 转身，也不意味离开”(《背面》)。其实每个人都存有一个“背面”，只是通常都以“光鲜示人”，那“掩藏于表情之下的，才是我”。读这样的诗不仅是对诗人的理解，更是对自我的慰藉，而呈现的“爱与痛感”可视为对心灵的瞩望，也可视为一种内省，而这些都是语言的弹性产生的效果。

从显到隐的裂变，杨林对诗歌的把握越来越自然适度、老练而又不着痕迹，他的诗歌也越来越趋向于“含混、微妙与神秘”的境地。最后我想用最受人喜爱的美国诗人罗伯特?弗罗斯特的一句话作为本文的结束语：“惊奇中显现的意义一旦展开，就绝不会失去。”

2013 年 2 月 7 日于辽宁丹东

新出图证（鄂）字 03 号
图书在版编目（CIP）数据
有缝对接 / 杨林 著
武汉：长江文艺出版社，2013.11

ISBN 978—7—5354—6836—9

Ⅰ.有… Ⅱ.杨… Ⅲ.诗集—中国—当代 Ⅳ. I227

中国版本图书馆 CIP 数据核字（2013）第 156703 号

责任编辑：沉　河　　责任校对：陈　琪
封面设计：川　上　　责任印制：左　怡　包秀洋

出版：长江出版传媒　长江文艺出版社
地址：武汉市雄楚大街 268 号　　邮编：430070
发行：长江文艺出版社
电话：027—87679360
http://www.cjlap.com
印刷：首壹印务有限公司

开本：640 毫米×970 毫米　1/16　　印张：14.125　插页：2 页
版次：2013 年 11 月第 1 版　　2013 年 11 月第 1 次印刷
行数：5370 行

定价：32.00 元